VÍTIMA DO ENGANO

SARA ORWIG

HARLEQUIN®

HarperCollins
PUBLISHERS
Since 1817

Editado por Harlequin Ibérica.
Uma divisão de HarperCollins Ibérica, S.A.
Núñez de Balboa, 56
28001 Madrid

Vítima do engano, n.º 1303 - 7.6.17
Título original: Seduced by the Enemy
Publicada originalmente por Silhouette® Books.
Este título foi publicado originalmente em português em 2010

I.S.B.N.: 978-84-687-9606-2
Fotocomposição: M.T. Color & Diseño, S.L. Las Rozas
Impresso: CPI (Barcelona)

Distribuidor exclusivo para Portugal: Distrinews II S.A.
Rua 1º de Maio, Centro Empresarial da Granja - Junqueira
2625-717 Vialonga - Portugal

Capítulo Um

Quando Abby entrou na sala de reuniões forrada a carvalho, naquela manhã de sábado do mês de Agosto, olhou directamente para os electrizantes olhos cor de café de Nick Colton. Quando o olhar dele se cravou no seu, Abby estremeceu.

Alto, atractivo e sensual, Nick Colton era um impiedoso rival do seu pai e afigurava-se perigoso para o bem-estar de Abby. Mas esses olhos de fartas pestanas mantinham-na hipnotizada mesmo que o bom senso lhe dissesse que interrompesse o contacto visual. Sem deixar de encará-la, Nick Colton avançou para ela. Tinham-se cruzado noutras reuniões, mas não se conheciam formalmente. Ela sempre se apercebera da sua presença porque normalmente sobressaía em qualquer grupo que integrasse, e hoje não era uma excepção.

Vestido com calças de algodão grosso e uma camisa azul-escura, parecia pronto para acudir a uma festa informal, não a uma reunião com construtores. Um leve sorriso curvava-lhe as comissuras dos seus lábios sensuais. Tinha um aspecto sereno e todo o seu corpo exalava confiança. Quando se aproximou dela, Abby sentiu o pulso a acelerar-se.

– Por fim conhecemo-nos – disse ele com voz grave estendendo-lhe a mão. – Sou Nick Colton.

A sua mão envolveu a de Abby com um gesto ardente e firme.

– Abby Taylor, e sei perfeitamente quem é – respondeu. – Tenho a certeza que todos os presentes nesta sala o reconhecem. Pelo que sei, o caminho do meu pai e o do seu progenitor cruzaram-se alguma vez no mundo empresarial – acrescentou, consciente de que aquela frase tão inofensiva não definia propriamente o acérrimo antagonismo de ambos os homens.

– Sim, mas infelizmente, nós não nos conhecíamos até agora – respondeu Nick com doçura enquanto Abby retirava a mão. – Ah! Mas tratemo-nos por tu, por favor. Pelo que sei, vais ser a nossa ligação à imprensa, portanto trabalharás comigo.

– Sim. E tu estás à frente do grupo que começará a construir uma casa. O trabalho de hoje será uma mudança importante para ti.

Nick encolheu os seus largos ombros.

– Há muito tempo, passei mais de um ano no mundo da construção. O trabalho que vamos fazer hoje é por uma magnífica causa.

– Não esperava que fosses dos que se oferecem como voluntários para levar a cabo trabalhos solidários nos quais haja que suar forte e feio. Terei de reconsiderar a opinião que formei sobre ti – disse Abby, consciente da impressionante altura do sujeito. Ela media um metro e oitenta, e costumava ser igual ou mais alta do que a maioria dos homens que conhecia. Mas Nick devia ultrapassar os dois metros de altura.

– Gostaria de descobrir mais detalhes da opinião que possuis sobre mim – assegurou ele. E a electricidade que havia entre eles aumentou vários voltímetros.

– És um grande rival do meu pai, não me parece que desejes ouvir as minhas opiniões sobre a tua pessoa – respondeu ela com ligeireza.

Nick arqueou uma sobrancelha.

– Agora espicaçaste-me verdadeiramente a curiosidade, e tenho de descobrir o que pensas de mim. Tenho a pele muito dura.

Abby riu-se e a ele brilharam-lhe os olhos.

– Duvido muito que o teu ego tolere os meus pontos de vista – assegurou.

– A minha auto-estima é suficientemente poderosa para suportar uma descarga de críticas. Põe-me à prova e vais ver – desafiou-a com um lampejo de impaciência no olhar. – Quando tivermos terminado com este projecto de construção, convido-te para jantares comigo esta noite. Um serão juntos proporcionar-me-á tempo para escutar a tua mordaz exposição sobre o meu carácter.

– Queres fazer vida social com o inimigo? – perguntou Abby. Já conheces o provérbio: a curiosidade matou o gato.

– Tu e eu não podemos ser rivais – respondeu ele com suavidade. – Isso é algo que devo rectificar de imediato, portanto dá-me uma oportunidade – a sua voz rouca resultava tão sensual como o veludo, tal como os seus olhos escuros e os seus lábios grossos. Argumentar com ele resultava divertido, acrescentava picante a uma manhã que Abby esperava que fosse ser aborrecida. O convite resultava tentador.

– Demorarias anos a emendar tudo – informou-o com brusquidão, sorrindo para dissimular o veneno das suas palavras.

– Caramba, isso é que é um desafio – respondeu Nick baixando ainda mais a voz. – Agora tens de aceitar e permitir que melhore a percepção que tens de mim.

Abby sorriu, considerou a possibilidade e soube que, apesar das brincadeiras, aquele homem era um oponente que o seu pai detestava. A proposta de Nick para irem jantar era comparável com uma proposta para ir nadar com um tubarão. Deveria negar-se educadamente, mas a ideia de sair com Nick excitava-a, porque lhe parecia um desafio.

– Suponho que poderia dar-te uma oportunidade – respondeu sem dar importância ao assunto.

– Uma única oportunidade? – repetiu ele. – Então terei de impressionar-te... mais um desafio – assegurou nesse tom confuso que resultava tão sensual como uma carícia. – Estou desejoso que esta noite chegue. Vou precisar da tua morada – disse tirando a Blackberry do bolso das calças.

Enquanto falavam, Abby era consciente que havia pessoas que circulavam em volta deles e mais pessoas que chegavam, mas o que a rodeava era uma neblina e ela estava unicamente concentrada no homem alto que tinha à sua frente. Tirou-lhe o telefone e escreveu nele a morada do seu apartamento e o código para poder entrar. Depois devolveu-lhe o aparelho.

– Esta manhã temos de reunir-nos para receber instruções antes que todos se dediquem a cumprir com a tarefa atribuída – disse. – Disseram-me que te ofereceste como voluntário para dirigir o grupo que começará a construção de uma casa nova. Ed Bradford ofereceu-se para estar à frente dos que repararão uma antiga residência. Eu vou coordenar a relação destes grupos com a imprensa. Pensaram fazer-te uma breve entrevista sobre os trabalhos solidários e o que vais fazer hoje. Vais conceder-lhes essa entrevista, não vais? Os coordenadores da organização estão desejosos de conseguirem o máximo de propaganda para este evento, que conta com os executivos de elite da cidade como voluntários.

– Com certeza. Farei tudo o que me disseres – assegurou Nick pondo um ênfase sedutor na palavra «tudo».

Ela sorriu.

– Adoro ouvir isso – respondeu com naturalidade embora o seu comentário lhe tivesse provocado calafrios. – A imprensa pode reunir-se primeiro contigo – Abby olhou para o relógio. – Deverias estar na tua localização e ter a tua gente a trabalhar às dez da manhã no máximo. Dá-te jeito ao meio-dia?

– Ao meio-dia está óptimo. Tens a localização da propriedade na qual vamos construir? – perguntou.

– Sim. O Tarrant Hitchman vai-te fazer a entrevista, tem experiência.

– E vais estar com ele? – quis saber Nick.

– Sim, com certeza. Faz parte do meu trabalho. Estarei lá, embora nos bastidores.

– O meu fim-de-semana melhorou consideravelmente – respondeu Nick.

– Não te emociones, Nick Colton. Não te esqueças que somos inimigos.

– Não temos por que ser hostis um com o outro. Inclusive os países em guerra fazem tratados de paz. Verei o que posso fazer esta noite para remediar esta desavença – relembrou-lhe.

– Vejo-te às onze no teu lugar – afirmou com decisão antes de se ir embora. Um calafrio percorreu-lhe as costas porque sabia que ele estava a olhar para ela. Não pôde resistir a olhar para trás, e quando os olhares de ambos se cruzaram, o seu pulso voltou a acelerar-se.

Repreendendo-se a si própria por se ter virado para olhá-lo e alimentar assim a sua vaidade, Abby tentou concentrar-se em encontrar Ed Bradford, mas foi-lhe impossível tirar da cabeça que tinha um encontro para jantar com Nick Colton, o promotor imobiliário de trinta e dois anos, multimilionário e acérrimo inimigo do seu pai.

Naquela noite Nick beijá-la-ia, e a emoção fez com que o coração lhe batesse com força. Como seria beijá-lo? Desde aquele momento e até que chegou de carro ao lugar onde se ia levantar a construção, às onze, para a entrevista do meio-dia, afigurou-se-lhe impossível tirar Nick da cabeça.

Para sua surpresa, quando chegou já tinham levantado os alicerces. Nick estava em cima de uma escada a martelar. Tinha tirado a camisa azul, que estava atada num dos degraus inferiores. Protegia a cabeça com um capacete. Banhados pelo sol, os músculos de Nick retesavam-se e distendiam-se e a sua pele tinha um brilho de suor. Quando Abby deslizou livremente o olhar por ele, até às suas calças de ganga justas, conteve a respiração. Ao redor das estreitas ancas transportava um cinto de ferramentas. Assim que saiu do carro, um homem forte de olhos azuis e calças empoeiradas aproximou-se dela.

– Posso ajudar? – perguntou estendendo a mão. – Greg Bowder.

– Abby Taylor, muito prazer. Vim por causa da entrevista com Nick Colton.

– Estupendo. Venham todos comigo e conseguir-lhes-ei capacetes – viraram-se para esperar pela equipa de câmaras e pelo jornalista, e então Greg abriu caminho para a caravana que servia como escritório temporário. Quando todos já tinham dispostos na cabeça um capacete amarelo, dirigiram-se para Nick, que ainda estava na escada concentrado a martelar.

Greg assobiou e Nick deteve-se, olhando em volta. No instante em que viu Abby, sorriu, limpou o suor da nuca e desceu a escada.

– Ena, olá, Abby – disse colocando-se frente a ela.

– Olá, Nick – disse Abby tratando de manter a voz pausada. – Ainda falta uma hora para a entrevista, mas queremos ir instalando tudo. Nick, este é o Tarrant Hitchman.

– Muito prazer, Nick. Gostaria de fazer a entrevista na estrutura da parte de trás – sugeriu o jornalista.

– Os maiores avanços da construção estão neste extremo, portanto daqui terá um plano interessante – respondeu Nick encarregando-se da equipa de câmaras. – No caso de se colocar aqui, a perspectiva é mais ampla.

Surpreendida e ao mesmo tempo divertida ao comprovar que Nick tinha assumido o controlo da situação, Abby posicionou-se uns metros mais atrás. Observou como continuava a supervisionar tudo antes de se dirigir a ela. Tirou o capacete. Tinha o cabelo escuro pegado à cabeça. O seu aspecto resultava desalinhado, sensual e provocador.

– Podes sentar-te na caravana, tem ar condicionado – sugeriu-lhe detendo-se um par de centímetros mais perto do que deveria. Abby era plenamente consciente do seu corpo, e lutou contra o desejo de voltar a deslizar o olhar pelo corpo masculino.

– Estou surpreendida pelo muito que vocês avançaram esta manhã na construção. É bem difícil de crer que vás dedicar três sábados a esta tarefa.

– Hoje tivemos muita ajuda – Nick encolheu os ombros.

– Ouvi dizer esta manhã que doaste o terreno e os materiais para esta casa de caridade.

Nick sorriu e roçou-lhe suavemente a clavícula.

– Porque te estranha tanto que seja capaz de fazer alguma coisa por alguém?

– Tenho de admitir que terei de mudar a minha opinião acerca de ti – Abby sorriu. – Talvez não sejas o impiedoso e egocêntrico homem de negócios que eu imaginava. Suponho que sabes que é uma loucura irmos jantar juntos esta noite – acrescentou com certo ar de mistério.

– Isso é o que torna a vida interessante. Mantermo-nos afastados do aborrecido e do convencional. Dois inimigos a gozarem de uma trégua fora das horas de trabalho. E até esse momento chegar, se me dás licença, vou-me refrescar um pouco para a entrevista.

Abby despediu-se dele com a mão e viu-o afastar-se a passos largos. Nick aproximou-se de uma garrafa de água, abriu-a e deitou-a por cima. As gotas brilharam sob a luz do sol, proporcionando um brilho especial ao seu corpo viril. Após secar-se com uma toalha, voltou a colocar a sua camisa azul e dirigiu-se à caravana. Quando regressou, tinha a camisa metida para dentro das calças e o cabelo penteado. A entrevista desenvolveu-se dentro da mais completa normalidade. Nick parecia um profissional da televisão, mostrando-se sereno e seguro. Antes de terminarem, Abby enfiou-se no carro para se dirigir ao seguinte compromisso.

Era consciente que o seu pai e Nick tinham tido encontrões nos negócios, mas o ódio do seu pai por ele resultava tão irracional que se perguntou se haveria mais alguma coisa pelo meio. Talvez não fosse nada. O seu pai odiava os adversários, e Abby estava ciente que Nick o tinha suplantado em muitas ocasiões. Pertencia a uma geração mais jovem do que o seu pai, mas a sua ascensão no mundo imobiliário tinha sido meteórica. Com isso bastava para que o seu pai estivesse ciumento.

Naquela tarde, enquanto decidia o que vestir, lançou mão do telefone para desmarcar o compromisso com ele. O seu pai ficaria furioso se descobrisse que tinha saído com Nick. E não tinha nenhum futuro com ele. Absolutamente nenhum. Que sentido fazia ir jantar com ele? E se Nick lhe agradasse e ele lhe pedisse para voltarem a sair? Desprezando a ideia de cancelar o encontro, voltou a trocar várias vezes de roupa até se decidir por um vestido preto sem mangas e com decote em bico. Calçou umas sandálias pretas de salto e olhou-se ao espelho. Tinha o cabelo castanho apanhado no alto da cabeça. Como complemento, escolhera usar apenas o anel de rubis e diamantes que tinha pertencido à sua mãe. Viu as horas e constatou que Nick estava a ponto de chegar.

Como se lhe tivesse lido o pensamento, a campainha da porta tocou. Quando Abby abriu, deparou com ele vestido com um fato cinzento antracite, gravata vermelha e camisa branca. Estava incrivelmente bonito.

– Estás impressionante – disse ele por sua vez olhando-a com aprovação.

– Obrigada – comprazida com o elogio, Abby sorriu e deu um passo atrás. – Entra, enquanto eu vou buscar a minha mala.

– Obrigada. Gostaria de ver onde vives – disse entrando e fechando a porta.

– Estou aqui há um ano – comentou Abby entrando na soalheira divisão. – Esta é a sala.

– Tem muito a ver contigo– respondeu ele olhando atentamente em volta.

– Lamento, mas não me parece que nos conheçamos o suficiente para poderes concluir que um determinado tipo de decoração se ajusta à minha personalidade – assegurou Abby com firmeza.

– Permite-me que discorde. Esta sala é elegante, organizada e com móveis de boa qualidade. Mas ao mesmo tempo é acolhedora, inesquecível – assegurou Nick com um tom rouco que indicava que não estava a descrever realmente a sala.

Ela riu-se.

– Preparada para ir jantar fora?

– Sim – respondeu Abby dirigindo-se à entrada e ligando o alarme antes de sair com ele. – Programei o vídeo para gravar a tua entrevista e poder vê-la mais tarde – assegurou enquanto se dirigiam ao desportivo preto, um dos mais caros do mercado. – Lindo carro – observou.

– Gosto de coisas rápidas – respondeu Nick, também com duplo sentido. Abriu-lhe a porta do carro e Abby deslizou no luxuoso assento de couro. Estava acostumada a um estilo de vida confortável porque o seu pai sempre tinha sido um homem de sucesso, mas a riqueza de Nick superava largamente a da sua família. Ele sentou-se ao volante e depois ligou o motor.

– Já viste a minha entrevista, para que a gravas?

– Quero vê-la como a veriam os restantes. Imagino que haverá muitas mulheres que também a gravem.

– Deves pensar que sou um mulherengo – disse Nick sorrindo.

– Nem posso contar as vezes que vi a tua fotografia acompanhado por alguma beleza. Razão de mais para ter cuidado esta noite. Acho que estás acostumado a destruir corações.

– Mas que bela imagem tens de mim! Terei de rectificá-la.

Nick levou-a para um pequeno restaurante exclusivo situado numa paisagem de carvalhos. O amplo vestíbulo contava com profusão de plantas tropicais. Um maître de casaca branca cumprimentou Nick, conduzindo-os pelo interior pouco iluminado, no qual um pianista tocava com suavidade. Para contribuir para o ambiente romântico, havia uma imensa fonte no centro da sala de jantar principal. No centro das mesas, cobertas por toalhas brancas, havia vasos redondos de cristal com flores flutuantes.

Um escanção vestido de branco veio tomar nota das bebidas e pediram uma garrafa de Sauvignon branco.

– A bem da paz – disse Nick alegremente, – sugiro que esta noite evitemos falar do nosso passado. E também de assuntos de negócios.

– Isso deixa-nos poucos assuntos dos quais tratar – sorriu Abby.

– Pelo contrário. Passatempos, amigos, o futuro, interesses... Podemos falar de muitas coisas.

– De acordo. Mas se deixarmos o trabalho de fora, eu não poderei falar do futuro. O meu está unido à empresa para a qual trabalho. A Propriedades Taylor é a minha vida.

– Com certeza que uma mulher tão bonita tem outros planos para além de estar sempre enfiada num escritório. Seria uma grande perda!

– Ah, eu acho que estás mais ligado aos teus escritórios e às tuas aquisições do que queres admitir. Eu trabalho para uma única empresa. Mas sob a designação de Empresas Colton, possuis negócios internacionais e inúmeras propriedades. Pertences a vários conselhos directivos e manejas muitos assuntos. Para teres tido tanto sucesso, deves ter dedicado a maioria do tempo aos negócios. E também estou convencida que estás tão entregue ao trabalho como eu.

– Sabe mais de mim do que eu de ti. Terei de remediar isso.

Ela abanou a cabeça e sorriu. Naquele momento chegou o escanção com o Sauvignon branco e abriu-o para que Nick lhe desse a sua aprovação. Quando se foi embora, Nick alçou o copo para brindarem.

– A uma longa amizade.

Abby riu-se e embateu levemente o seu copo contra o dele.

– Impossível! Mas beberei a isso de qualquer forma. Somos inimigos, lembras-te? Mesmo que por enquanto sejamos amigos. Oxalá dure.

– Estou a trabalhar nisso – assegurou Nick olhando-a fixamente.

Para surpresa de Abby, conseguiram evitar qualquer outra conversa de trabalho ou sobre o seu passado. O empregado veio em seguida para que fizessem o pedido do jantar. Ambos pediram lombo de carne de novilho e continuaram a debater os respectivos gostos. Nick era encantador, tal como ela esperava, e o tempo transcorreu célere, praticamente a voar, até que o empregado lhes serviu o jantar.

– Está delicioso – assegurou Abby depois da primeira mordidela leve.

– A minha intenção é que tenhas uma noite maravilhosa e estejas feliz – disse ele sorrindo. – Quero impressionar-te.

– De facto, a minha impressão sobre ti já mudou. És encantador – assegurou, consciente que poderia acrescentar viril, sensual e outros adjectivos similares.

– Bom, parece que vou pelo bom caminho contigo. Veremos o que posso fazer no resto do serão.

– Eu não sou um projecto – fez-lhe saber.

Quando lhes serviram a sobremesa, Nick desapertou o casaco e serviu-se de um copo de água.

– Aqui não podemos dançar – disse olhando em redor. – Deixa-me levar-te a dançar.

A noite tinha sido do mais excitante, e irem dançar pareceu-lhe uma boa ideia.

– Soa muito bem – respondeu sorrindo-lhe.

– Excelente – respondeu Nick com a satisfação reflectida nos olhos enquanto se levantava para contornar a mesa e retirar-lhe a cadeira para que se levantasse.

Seguiu-a até ao exterior do restaurante e esperaram que trouxessem o carro de Nick.

– Foi um jantar delicioso – disse Abby assim que se sentou.

– Vejamos se consigo que o resto da noite seja

ainda melhor – respondeu ele com alegria. – Estavas a falar da tua viagem à Europa.

– Evidentemente será uma minúcia para ti, mas eu só lá estive uma vez e adorei, particularmente Roma – disse enquanto conversava com ele sobre a viagem. Finalmente reparou no lugar no qual se encontravam. – Aonde vamos? – perguntou com brusquidão. – Estamos no aeroporto!

Capítulo Dois

– Pois é, vou levar-te a dançar. Demoraremos um pouco a chegar ao destino, mas acho que a viagem vale a pena – disse enquanto o carro se aproximava de um jacto branco.

– Uma viagem! – exclamou Abby virando-se para olhá-lo. – Tenho de saber aonde pensas ir.

– Deixa-me surpreender-te – disse Nick com naturalidade enquanto desligava o motor e tirava o cinto.

– Ninguém saberá onde estou – respondeu ela. – Isso não é muito inteligente. Somos praticamente desconhecidos.

– Não é verdade e sabe-lo bem. Mesmo que nos tenhamos conhecido hoje, conheces-me há pelo menos cinco ou seis anos. Sabes que cresci em Dallas, que é onde tenho negócios, e que são de fiar.

Ela negou com a cabeça e olhou para o avião.

– Não – assegurou com ênfase, perguntando-se se alguma outra mulher o teria rejeitado alguma vez. – Por muito encantador que sejas, Nick, não vou sair de Dallas contigo rumo a um destino desconhecido sem que ninguém possa entrar em contacto comigo.

– Não és muito temerária, pois não? – observou ele num tom divertido.

– Nestes assuntos, zero – respondeu Abby com firmeza.

– Toma – disse Nick tirando o telemóvel. – Liga e dá a quem quiseres o número para poderem localizar-te durante a noite. Diz-lhe que vamos aterrar em Houston e nos dirigiremos para Galveston, onde está ancorado o meu iate.

– O teu iate? – exclamou ela. – Poderíamos ter ido dançar a Dallas – disse olhando-o surpreendida.

– Isso não tem graça. Queria fazer algo diferente contigo, algo inesquecível.

– Esta noite vai ser inesquecível – remarcou Abby, perguntando-se como podia Nick pensar que ela esqueceria um serão com ele, fizessem o que fizessem. Ao ir de avião com ele até ao seu iate àquelas horas da noite, estava a aceitar algo mais do que umas horas de dança com ele. Estava a comprometer-se, e a intenção de Nick era seduzi-la.

– Tenho a impressão que estás a tentar seduzir-me, Nick, e não estou preparada.

– Talvez cheguemos a esse ponto – replicou ele com gravidade. – Mas caso contrário, passaremos um serão agradável no meu iate. Acho que vais gostar – sorrindo, pôs-lhe a mão no ombro. – Prometo que te levarei de volta a casa mal mo peças. Temos um helicóptero disponível. Dançaremos sob as estrelas e teremos a noite só para nós.

Abby guardou silêncio, debatendo-se sobre o que queria fazer. Olhou para o jacto que os esperava, observando-o como se não tivesse visto nenhum na sua vida. Sabia o suficiente sobre Nick para ter a certeza que a sua integridade física não corria perigo, e sabia que manteria a promessa de levá-la a casa quando ela quisesse. Mas o perigo emocional fiava mais fino, porque Nick era um destruidor de corações declarado.

– Levavas-me a casa uma hora depois de chegarmos, se eu quisesse? – perguntou-lhe para ganhar tempo enquanto tomava uma decisão.

– Prometi que te levaria assim que quisesses, portanto é o que farei – repetiu ele.

Esperando em silêncio, percorreu-lhe suavemente os nós dos dedos com o indicador, provocando-lhe calafrios.

– Não estou a concordar em passar a noite contigo. Isso tem de ficar claro – assegurou Abby.

– Prometi que faríamos o que quisesses – parecia estar a divertir-se. – Vejamos aonde nos leva. Vem dançar comigo, Abby. Isso é tudo. A menos que queiras que mais alguma coisa suceda.

Abby tomou uma decisão, consciente de aquela ser uma noite especial, algo único no meio da sua previsível e rotineira vida, completamente centrada no seu trabalho.

– Vamos? – perguntou virando-se para Nick com um sorriso.

– Estupendo! – replicou Nick sorrindo de orelha a orelha. – Aqui é onde podem entrar em contacto contigo – disse tirando um cartão e uma caneta para apontar um número. – Pode ligar-te quem tu quiseres ou podes telefonar-lhes tu quando chegarmos.

– Vou dar o número a uma amiga – disse Abby puxando do seu telefone.

Enquanto ligava, Nick saiu do carro e contornou-o para lhe abrir a porta. Depois afastou-se uns metros para lhe dar intimidade. Abby ligou à sua melhor amiga, Emmaline Dorset, depois desligou e saiu do carro. Quando se dirigiam ao jacto branco, o seu telefone tocou.

– Desculpa, Nick – disse pensando que se trataria outra vez de Emmaline. Mas era um colega de trabalho, Quinn Nash. Estugou o passo, porque não queria que ele ouvisse nenhuma conversa relacionada com o seu trabalho.

– Abby, não consegui contactar Dale Masaryk em todo o dia – anunciou com pânico.

– Eu não me preocuparia, Quinn. Com certeza que está em Illinois e voltará na terça-feira, portanto na quarta-feira selaremos o acordo à uma em ponto, como está previsto.

– Estou desejoso de ver esse contrato assinado – exclamou Quinn. – Suam-me as mãos só de pensar na comissão.

– Então não penses – respondeu Abby. Ela não tinha querido pensar na comissão. Tinha conseguido a lista dos terrenos de Dallas e Quinn tinha entrado em contacto com os Masaryk, portanto tinham trabalhado juntos desde o princípio.

– De acordo, Abby. Obrigado. Desculpa o incómodo.

– Não faz mal, Quinn. Vemo-nos na segunda-feira – disse antes de desligar. A propriedade comercial que Quinn e ela tinham vendido aos

Masaryk significaria para a Propriedades Taylor a maior comissão da sua história. Estava tudo controlado. Sem dúvida, Quinn estava preocupado sem necessidade.

– Desculpa. Trabalho. Calculo que saibas como são estas coisas – assegurou.

– Uma chamada no sábado à noite? – Nick alçou as sobrancelhas. – Isso não é habitual.

– Um colega de trabalho está ligeiramente nervoso por um assunto pendente – disse com naturalidade, sem deixar entrever a Nick nada em relação à lucrativa transacção que Quinn e ela andavam a preparar há oito meses.

Dando-lhe o braço, Nick dirigiu-se para a escadinha e depois para o avião. Abby ocupou um dos elegantes assentos de couro branco do interior.

– Ainda não estás arrependida, pois não? – perguntou-lhe com doçura, sorrindo-lhe com os seus dentes imaculadamente brancos.

Ela negou com a cabeça, perguntando-se se não teria sido uma ingénua ao ir com ele. Nick tinha-se mostrado encantador durante todo o serão, tinha sido atento e imprevisível, mas queria mesmo ser seu amigo? Aquele homem não tinha conseguido o seu poder e a sua fortuna sendo amável, portanto mais lhe valia ter isso em mente.

– É uma noite muito excitante.

– Não mais do que tu és para mim – replicou Nick.

– Pára aí! Vais mais depressa do que este jacto!

Nick riu-se e recostou-se para observá-la.

– Já pensaste voltar a Itália?

– Com certeza. Um dia destes. É uma das coisas que desejo fazer no futuro. E também ter o meu próprio negócio. De certeza que para ti é muito satisfatório ter o teu.

– E eu acho que estás a levar outra vez a conversa para o terreno profissional – disse ele.

– Esqueço-me! – exclamou Abby, surpreendida por se sentir tão atraída por Nicky. – Sinceramente, esqueço-me que és um concorrente feroz – admitiu lembrando que não sabia a razão pela qual tinha começado a *vendetta* entre Nick e o seu pai. Mas não ia perguntar-lho naquele momento.

– Então estou a triunfar – disse em voz baixa aproximando-se mais. – Não quero que me vejas como um rival.

– Disso tenho a certeza! – exclamou Abby com um sorriso. – O que queres é apanhar-me desprevenida.

– Já que puxaste esse assunto, quando pensas montar o teu próprio negócio? – perguntou Nick.

– Não te emociones – respondeu ela. – Evidentemente tentarias devorar a minha empresa no primeiro ano, mas isso não vai suceder. Não posso estabelecer-me por conta própria. O meu pai morreria – assegurou.

– Com certeza que podes. Naturalmente ficaria muito orgulhoso de ti – respondeu Nick tirando o casaco e a gravata. O pulso de Abby acelerou-se ao ver como desabotoava os dois primeiros botões da camisa. Durante um instante, relembrou o seu peito desnudo tal como o tinha visto de manhã. Alçou a vista para olhá-lo e viu que Nick a olhava fixamente.

– Não, conheço o meu pai. Se me fosse embora, magoá-lo-ia, portanto não o farei. E tens razão, fui eu que puxei o assunto de trabalho. Tal como te disse antes, é a parte mais importante da minha vida. Mal há espaço para mais nada.

– Isso é algo que tentarei remediar. Uma mulher tão bonita deveria fazer algo mais do que trabalhar.

– Não me compadeças – disse Abby sorrindo. – Faço o que gosto, e não acho que a minha vida seja muito diferente da tua.

– A mim não me ouvirás dizer que o trabalho não me deixa tempo para mais nada, isso garanto-te.

– Talvez não, mas com certeza que no passado foi assim – respondeu Abby observando-o. – Continuemos a falar da Europa e de viagens. É um tema menos espinhoso.

Continuaram a falar de várias coisas até que o jacto aterrou em Houston depois de anoitecer. Embarcaram num helicóptero que os esperava e que tinha o logótipo de Colton.

Enquanto sobrevoavam o Golfo, a água parecia negra como o breu, mas os iates tinham luz. Abby tentou averiguar a qual deles se dirigiam. Então viu um gigantesco iate de luxo que parecia um pequeno navio de cruzeiro. Tinha as luzes do convés todas acesas, e quando se aproximaram mais, distinguiu a piscina no convés superior e o heliporto na popa.

– Este é o teu iate? – perguntou Abby. – Mas é um cruzeiro, Nick!

– É confortável e suficientemente grande para poder ir aonde quiser.

Aterraram no heliporto e Nick rodeou-lhe a cintura com as mãos para ajudá-la a descer. Ela apoiou os braços nos seus antebraços, sentindo os músculos e olhando-o nos olhos enquanto ele a colocava com facilidade sobre o convés. O contacto resultou eléctrico e Abby esqueceu-se do que a rodeava e de tudo o demais durante uns minutos. Enquanto o olhava e Nick continuava a segurá-la pela cintura, atearam-se chispas entre eles. Quando por fim ela deu um passo atrás, Nick agarrou-a pelo braço.

– Vou-te mostrar isto tudo.

Enquanto caminhavam pelo iate, Abby estava assombrada com a sua dimensão e luxo. O salão principal era de mogno e luxuoso couro castanho. Um elevador ligava os cinco conveses e, finalmente, Nick levou-a a um opulento camarote.

– Este é o camarote do armador, onde eu durmo – dando-lhe a mão para ajudá-la a entrar. – É muito confortável.

– Confortável? É sumptuoso! – disse olhando em redor. O camarote estava decorado em bege e contava com uma cama de casal, uma grande televisão e mobília de couro e mogno.

Nick rodeou-lhe os ombros com os braços para guiá-la através do camarote.

– Este é o meu escritório – disse detendo-se enquanto ela olhava para outra zona ampla com todo o equipamento de escritório necessário. –

Tenho bar, jacuzzi na casa de banho, videoconferência e a minha própria varanda privada – comentou guiando-a através de umas portas de vidro.

Abby encaminhou-se para o exterior com ele, consciente de ainda ter o seu braço sobre os ombros e da sua proximidade enquanto observava a gigantesca varanda com redes e plantas tropicais.

– Nick, isto é digno de um rei!

Ele riu-se e acariciou-lhe suavemente a nuca enquanto lhe tirava o braço dos ombros. Cada contacto aumentava o seu desejo e Abby soube que devia ser cautelosa.

– Não sei nada da realeza, mas para mim é bom. Queria um iate do qual pudesse desfrutar sem ter de me preocupar com nada – voltou a dar-lhe a mão. – Agora, subamos e vamos dançar sob as estrelas. Não acho que faça muito calor.

Abby olhou-o e sentiu que o coração lhe batia com mais força. Nick tinha as feições rudes, mas o seu encanto sensual e aqueles olhos castanhos de longas pestanas transformavam-no no homem mais atractivo que tinha visto na sua vida. O seu aspecto fazia com que se esquecesse do rival profissional que era.

– Um cêntimo pelos teus pensamentos – comentou ele alegremente observando-a com o seu penetrante olhar.

– Só estou a admirar o teu iate – respondeu Abby, que não queria voltar a falar de trabalho.

– E porque será que não acredito nisso? – assegurou Nick com expressão divertida. – Acho que faria falta algo mais do que este iate para te impressionar. Tenho a impressão que és uma pessoa pragmática, mais interessada no lado sério da vida do que na diversão. Estou enganado?

– Teria de pensar, mas provavelmente tens razão – respondeu Abby sem querer pensar que tinha acertado em cheio. – Vivo dedicada ao meu trabalho, e levo uma vida do mais previsível.

Subiram no elevador até ao último andar e saíram para a brisa fresca, dirigindo-se para uma pequena banda que tocava música suave.

– Tens uma banda a bordo! – exclamou Abby.

– Formam todos parte da tripulação e levam a cabo outras tarefas, mas quando pus um anúncio à procura de pessoal, especifiquei que teria em conta o jeito para tocar um instrumento.

– Vejo que pensaste em tudo – murmurou ela olhando para uma mesa próxima com queijo, fruta e doces.

– Espero que sim. Quero que desfrutes de uma grande noite. O meu propósito é comprazer-te.

– E assim será desde que não me pressiones muito – respondeu Abby com um sorriso.

– Vamo-nos servir de bebidas e depois vamos dançar.

Pediram umas Margaritas ao empregado e depois Nick atraiu-a para si para dançar com ela uma conhecida balada. Consciente daquele braço que a rodeava, Abby moveu-se facilmente com ele. Aquele contacto próximo, o toque contínuo, a troca de olhares... tudo contribuiu para o seu pulso se acelerar.

– Isto é maravilhoso, Nick – assegurou suavemente enquanto dançavam no convés superior.

– Sabia que ias gostar – respondeu ele.

– Quem poderia não gostar deste iate fabuloso! – exclamou Abby. – Acho que estás a começar a conhecer-me melhor do que achei possível.

– E por enquanto gosto do que estou a descobrir – murmurou Nick estreitando-a entre os braços.

Ela guardou silêncio e deixou-se levar pelo abraço. Desejava beijá-lo e sentiu uma emoção como nunca antes tinha experimentado. Talvez tivesse tomado muito vinho, mas sabia que não se tratava disso, mas do carismático homem que a estava a abraçar.

– Será melhor que não penses numa amizade verdadeira, porque sabes que isso é impossível entre nós. Somos rivais, Nick, e isso não vai mudar.

– Já falámos bastante de trabalho. Acabou-se por esta noite, lembras-te? – perguntou ele inclinando-se para olhá-la.

– Isso é difícil para mim – respondeu Abby em voz baixa, consciente que tinha sido um erro sugerir que não falassem de trabalho.

Enquanto Nick rodopiava com ela, Abby agarrou-se aos seus ombros e sorriu. Os fortes braços de Nick agarravam-lhe a cintura. Começou a desejar que aquela noite nunca mais terminasse.

– Queres sentar-te um momento ou continuar a dançar? – perguntou-lhe ele entre canção e canção.

– Quero continuar a dançar. Está-se lindamente

aqui fora – assegurou olhando as luzes dos demais iates ancorados na baía. – Não sei porque trabalhas tanto. Eu ficaria a viver neste maravilhoso iate, navegaria e desfrutaria da vida.

– Se pudesse ser contigo, talvez o fizesse – murmurou Nick deslizando-lhe o dedo pela nuca, aumentando assim o seu desejo. – Quando estou aqui sozinho, sinto-me inquieto.

– Tenho a sensação que não costumas estar só neste iate – murmurou Abby deslizando o olhar para os seus lábios sensuais.

– E que teria de fazer para conseguir que deixasses de pensar no trabalho durante um momento? – Agora não estou a trabalhar – respondeu ela.

– Mas esta noite recebeste uma chamada profissional.

– Foi muito curta, e trata-se de um projecto no qual trabalhei muito tempo – assegurou com naturalidade, mas num instante desejou não ter dito nada. Não queria que Nick soubesse nem o mínimo detalhe a respeito dos seus assuntos de trabalho.

Para seu alívio, Nick começou a falar do seu gosto por voar, contando-lhe quantos aviões tinha e o muito que gostava de estar no ar. Depois falaram do gosto de Abby pelo ténis; depois de outros assuntos. E durante todo o tempo, Nick continuou a enfeitiçá-la. Dançaram uma música e saborearam as Margaritas.

Mais tarde, quando começou uma balada, Nick estreitou-a contra si e mantiveram-se em silêncio. Era uma noite mágica, e ela queria entesourar cada instante. Naquele momento desejava-o, morria por senti-lo e beijá-lo. Surpreendia-a a resposta física que despertava nela, porque nunca tinha sentido por um homem algo tão intenso. Relembrou a si mesma que estava possuída pelo desejo e tentou agarrar-se à sua precaução habitual, mas aquela noite estava a converter-se em algo inesquecível. O jacto e o iate eram espectaculares, a comida fabulosa, mas o mais especial de tudo era o próprio Nick. Assim resultava impossível ser prática.

Enquanto dançavam agarrados, a tensão entre eles ia crescendo. Abby estava desejosa de estreitá-lo entre os braços e beijá-lo. Estava a perder a batalha de o tentar ver como um inimigo. Uma madeixa de cabelo preto caía-lhe pela testa, e ela morria por afastá-la com os dedos.

Quando terminou a música, os músicos fizeram um intervalo e Nick e ela aproximaram-se da varanda. Abby observou como as pequenas ondas escuras chocavam contra o casco do navio.

– Não quero saber que horas são. Ainda temos que voltar para Dallas e para a realidade – lembrou-lhe.

– Porque temos de ir?

Surpreendida, Abby alçou a vista e deu por ele a olhá-la. Nick roçou-lhe suavemente o ombro e passou-lhe o braço pela cintura, atraindo-a para si.

O coração de Abby batia com força quando ele se inclinou. A boca de Nick roçou a dela e depois assentou-se firmemente nela. Quando os seus lábios se encontraram, desencadeou-se fogo-de-artifício no seu interior. A língua de Nick brincava sobre a dela, encorajando o fogo que levava toda a noite a alimentar-se. Abby deitou-lhe os braços ao pescoço e também o beijou apaixonadamente.

Aquele doce tormento foi crescendo à medida que Nick a abraçava com mais força e pressionava a prova da sua excitação contra ela. Os seus beijos resultavam electrificantes.

O desejo de Abby aumentava. Nick estava inclinado sobre ela segurando-a com força, explorando e acariciando-a com a língua, deixando as suas intenções bem claras. Então deslizou a mão para lhe cobrir um seio. Através da tela fina da roupa, a sua carícia ateou uma nova labareda que abrasou a última das barreiras de Abby. Gemendo de prazer, beijou-o enquanto ele lhe acariciava a suavidade do seu seio. Nick deslizou a mão pelo decote do seu vestido e desceu os dedos para afastar a renda do sutiã e cobrir-lhe o peito. Abby voltou a gemer de prazer e perdeu-se num instante nas suas carícias e na sua boca. Nunca lhe tinham parecido tão excitantes os beijos de outro homem. Tinha os sentidos anulados por um tormento quente que a fazia desejá-lo mais e mais.

Enquanto o beijava com o coração a bater-lhe o mais rápido possível, Abby passou-lhe as mãos pelo cabelo.

Nick deteve-se e segurou-lhe o rosto com as suas mãos firmes e cálidas. Ela fez um esforço por abrir os olhos e olhá-lo.

– Fica comigo – sussurrou Nick em tom rouco. – Tiremos uns dias para navegar até à minha vila, que fica a sul. Podes não ir trabalhar na semana que vem. Esta noite, só por uma vez, deixa-te levar por mim.

Capítulo Três

O pulso de Nick acelerou-se enquanto esperava pela sua resposta. Voltou a reviver o momento no qual tinha aberto a carta da organização solidária e viu que ia trabalhar com Abby Taylor, a filha do seu maior inimigo, o homem que desprezava infinitamente e contra o qual tinha lutado durante muito tempo.

Quando Abby entrou naquela manhã na sala de reuniões, estava impressionante com aquela blusa amarela e calças de ganga. Levava o seu selvagem cabelo castanho acobreado apanhado no alto da cabeça. Parecia serena e segura de si, representando para ele o máximo afrodisíaco: uma mulher bonita e de sucesso. Mal a viu, sentiu o mesmo desejo primário que se apoderava dele quando avistava uma presa ao caçar, embora a outro nível. Desejava Abby, queria fazer amor com ela. Além disso, era um grande desafio, porque ela o via como alguém que devia evitar, um inimigo. Os desafios sempre o tinham excitado, tendo-se encontrado com poucos na sua vida. Estar envolvido num corpo sensual subia-lhe a temperatura.

Mas nem o aspecto de Abby nem o fogo ou as faíscas que havia entre eles eram comparáveis à verdadeira razão pela qual queria possuí-la: a vingança.

Que melhor modo de cobrá-la ao seu velho inimigo que seduzindo a sua filha?

Aquela noite estava preparado para cumprir aquele propósito, tudo estava encaminhado para a sedução. Nick conteve a respiração enquanto esperava pela sua resposta. Queria que ela aceitasse. Desejava navegar com ela e passar os três dias seguintes a seduzi-la. A mera ideia endureceu-o.

Inclinou-se para lhe passar a mão pela nuca, observando a sua respiração agitada. O mais mínimo contacto estimulava-a e, por sua vez, as suas respostas excitavam Nick. Seria certamente muito apaixonada.

– Foi um serão maravilhoso, Abby. Vamos prolongá-lo – desejava voltar a provocá-la, mas guardou silêncio e esperou.

Surpreendida pelo convite, Abby olhou para os hipnotizadores olhos de Nick, que brilhavam, tentadores.

A perspectiva de navegar com ele atraía-a como o embrulho de um presente. Desejava deixar tudo de lado e ficar com ele. Era o homem mais sensual que alguma vez conhecera na vida. Relembrou a sua promessa de levá-la a casa assim que ela lho pedisse, e soube que aquele era o momento se realmente o que queria era ir-se embora. Noventa por cento do tempo mostrava-se realista e cautelosa, mas naquela noite queria deixar de lado a prudência e aceitar o que Nick lhe propunha. Suspeitava que, se não o fizesse, o iria lamentar para todo o sempre.

– Deixa-te levar, Abby – murmurou ele depositando-lhe outro beijo nos lábios. – Uma parte de ti deseja ficar, ao passo que a mais cautelosa se defende. Eu não vou pressionar-te.

– Não posso mudar a minha maneira de ser, Nick, sou precavida. Não posso deitar-me contigo depois de só te ter conhecido esta manhã.

– Então não o faças. Limita-te a navegar comigo e já veremos aonde isso nos leva.

Olhando-se nos seus grandes olhos, Abby desejou fazer amor com ele ali mesmo, mas levava vinte e seis anos assim e não podia mudar.

Tinha a sensação que Nick não estava acostumado a receber, das mulheres, um não por resposta, mas era isso que ela tinha de fazer. Abanou a cabeça.

– Se nos beijarmos, e vamos fazê-lo, não quererás deixar de fazer amor.

– Caramba, não, mas é mais importante o que tu quiseres. Farei o que tu desejares.

– Nick, tenho de conhecer-te melhor antes de seguir em frente com esta relação.

– Foi uma noite fabulosa, Abby. Sejamos espontâneos. O único que tens de fazer é dizer-me quando queres que pare. Isso é tudo. Quero passar mais tempo contigo.

Era uma oferta impossível de rejeitar. Com o coração a bater o mais rápido possível, pôs-se em bicos de pés e pôs-lhe um braço à volta do pescoço para o beijar.

O braço de Nick rodeou-lhe a cintura e inclinou-se sobre ela, beijando-a apaixonadamente. Então deteve-se bruscamente e deu-lhe a mão enquanto tirava o telemóvel e fazia uma chamada.

– Pierson, já acabámos com o baile por esta noite. Deixem-nos sós e limpem o convés superior. Diz ao Riedel que avance em direcção ao sul, para a minha vila – ordenou Nicky antes de desligar e guardar o telefone de novo no bolso. Levou Abby ao colo até deixá-la de pé ao lado de uma espreguiçadeira. Então rodeou-a com os braços e beijou-a. O coração de Abby batia com força. A boca de Nick cobriu a dela e ela gemeu. Rodeou-o com os braços enquanto lhe afundava os dedos no cabelo, segurando-o com força enquanto a sua língua roçava a dela. As luzes apagaram-se à volta deles, mas a lua iluminava-os ligeiramente, assim como as velas que havia sobre a mesa. Enquanto se beijavam, o desejo de Abby crescia. Mal deu por ele lhe descer o fecho do vestido e deslizar-lho pelos ombros.

– Nick – sussurrou inclinando-se um tanto para trás. – Estamos cá fora.

– E totalmente sós, prometo. O Pierson faz muito bem o seu trabalho. A noite está fresca, está-se melhor aqui do que no camarote – replicou Nick com a voz cada vez mais rouca. – És linda – sussurrou cobrindo-lhe os seios com as suas esguias mãos enquanto traçava círculos nos seus rígidos mamilos. Abby pendurou-se nos seus fortes braços gemendo suavemente de prazer e esquecendo-se de tudo o que havia ao redor. Já não lhe importava nada excepto Nick e o seu maravilhoso corpo. Desejava acariciá-lo, tirar-lhe a camisa das calças e desabotoar-lhe os botões para percorrer o seu esculpido peito com as mãos. Nick aspirou com força o ar e o seu tronco expandiu-se.

Ela acariciou-lhe suavemente a penugem do peito. Nick gemeu e atraiu-a para si para beijá-la apaixonadamente com a língua.

Abby sentia os joelhos fraquejarem, derreteu-se quando ele lhe apertou as ancas e a dura erecção se apoiou contra o seu corpo. Os beijos de Nick excitavam-na como os de nenhum outro homem. Segurando-a com um braço, deslizou-lhe a outra mão pelo cabelo para levantar-lhe a cabeça e olhá-la nos olhos.

– Desejo-te – disse-lhe com a voz rouca.

Abby apertou-se com mais força contra ele, sentindo que não poderia cansar-se nunca dos seus beijos, consciente que a cada minuto que passava estava a forjar laços com Nick que poderiam atar facilmente o seu coração.

E ele estava a saltar a uma velocidade vertiginosa todas as barreiras que Abby lhe tinha imposto. A fria lógica pela qual se rodeava não lhe servia de protecção. Nick desapertou-lhe o sutiã e tirou-lho, cobrindo-lhe de novo os seios e inclinando-se para lhe percorrer o mamilo com a língua.

– Linda, és linda – sussurrou levando o seu tempo para lhe beijar e acariciar os seios.

Abby agarrou-se aos seus ombros e afastou-o para olhá-lo com seriedade.

– Pára um pouco e deixa-me recuperar o fôlego. Sabes que te desejo, mas se vou navegar contigo, teremos tempo para nos conhecermos um ao outro.

Nick assentiu e Abby afastou-se dele, puxando o vestido para baixo.

– Onde fica a casa de banho? – perguntou, consciente que devia arrefecer as coisas entre eles.

– À direita do elevador – respondeu ele, e Abby afastou-se o mais rápido possível. Uma vez lá dentro, observou a sua desalinhada aparência e subiu o fecho do vestido, ajeitando o cabelo com os dedos antes de voltar para o lado de Nick.

Ele não tinha posto a camisa. Assim que a viu chegar, levantou-se e agarrou um copo com algo gelado.

– É chá, e também tenho vinho, Daiquiris, Margaritas ou o que quiseres.

– Um chá está bem – respondeu Abby bebendo.

Ele deu-lhe a mão e levou-a para a espreguiçadeira.

– Vem cá, senta-te aqui comigo e vamos falar.

Abby afastou-se e foi sentar-se na espreguiçadeira que estava ao seu lado.

– Se nos sentarmos juntos, em menos de três minutos estaríamos outra vez a beijar-nos. É melhor falarmos um bocado. Vamos ter paciência. Com calma – repetiu tanto para Nick como para si.

Nick sentou-se na espreguiçadeira do lado, embora suficientemente perto para poder tocar-lhe.

– Ouvi-te mencionar uma vila. Para onde nos dirigimos? – perguntou Abby.

– Possuo uma pequena ilha no litoral do Golfo. Chega-se lá facilmente e acho que vais gostar.

– Gosto de tudo. É fabuloso, este iate é como um sonho. Não vejo razão para sair dele amanhã.

– Podemos fazer o que quiseres. À tarde poderíamos fazer mergulho.

– Nunca experimentei.

– Então vais ter uma grande surpresa – assegurou Nick. – Os peixes tropicais são fascinantes.

– Não tenho fato de banho, mas calculo que tenhas pensado nesse aspecto.

Nick sorriu e acariciou-lhe os braços nus.

– De facto, sim. Tenho um sortido de fatos de banho por estrear, de todos os tamanhos e estilos, que se compraram para uma ocasião como esta. Vestidos, fatos, calças, fatos de banho... há quase uma pequena loja a bordo para que não tenhas de comprar nada. Podes ir escolher o que quiseres. Esta noite talvez pudéssemos nadar sem fato de banho.

– Esta noite não, Nick – respondeu Abby sorrindo. – Sei exactamente aonde é que isso nos levaria.

Continuaram à conversa e ela fez um esforço para se concentrar nas respostas de Nick. Estava a falar-lhe da sua infância.

– Os meus pais discutiam constantemente. Acho que por isso o meu irmão e eu somos tão reticentes a casar-nos.

– O facto de os teus pais discutirem não significa que vocês tenham de fazer o mesmo – argumentou Abby com certa sorna. – Isso é uma desculpa para continuares a ser um Dom Juan e não assentares a cabeça, Nick.

Mas ele não sorriu e negou firmemente com a cabeça.

– A nossa casa era um inferno, discutiam constantemente. A minha salvação foi o colégio, bem como os meus amigos de lá, Ryan Warner e Jake Thorne. Éramos os três inseparáveis.

– Isso é maravilhoso. Conheço a minha melhor amiga, a Emmaline, desde a segunda classe. A confiança é algo vital, por isso os bons amigos são tão importantes – Abby olhou em volta. – Está uma linda noite. Sem luz, podem-se ver facilmente as estrelas.

– Que te parece se me sentar a teu lado e observar as estrelas contigo? – perguntou Nick aproximando-se da sua cadeira.

– Mal nos toquemos, vamo-nos esquecer das estrelas.

– Prometo que passarei pelo menos dois minutos a observar o céu – assegurou deslizando para o seu lado e estreitando-a entre os braços. – As estrelas nunca foram tão belas.

– Tu continua a olhar para o céu – disse-lhe Abby com doçura alçando a vista para olhá-lo, consciente que estava a sucumbir aos seus encantos. Quando finalmente se pôs de pé, já passavam das quatro da manhã.

– Nick, quero ir para a cama… sozinha. Já te disse que não posso precipitar-me indo para a cama contigo.

Nick pôs-se de pé e passou-lhe com naturalidade o braço pelos ombros.

– Isso já eu sei. Esta noite iremos para a cama, cada um no respectivo camarote, sozinhos e abandonados.

– Se estás a tentar dar-me pena, não vais conseguir – assegurou Abby a sorrir.

Nick mostrou-lhe o camarote, que ficava perto do seu e parecia quase tão grande e luxuoso.

– Acho que nas gavetas do armário encontrarás tudo o que necessitas. Eu estou aqui ao lado. Quando quiseres, podes vir – disse estreitando-a entre os braços. Abby deitou-lhe os braços ao pescoço para beijá-lo, e transcorreu outra meia hora antes que o afastasse de si e lhe dissesse boa noite.

Viu a ir-se embora e perguntou-se se estaria zangado. Tinha a suspeita que nenhuma das mulheres que tinha levado a navegar o tinham deixado dormir sozinho. Exalando um suspiro, Abby apagou as luzes, tirou o vestido e deitou-se na cama.

Na manhã seguinte, tomou duche, embrulhou-se num grosso robe de veludo que encontrou no camarote e foi à procura dessa roupa por usar que Nick dissera poder recorrer. Um dos auxiliares do navio deu-lhe as indicações, e Abby entrou num camarote que parecia uma loja, só que sem empregados nem máquina registadora. Em questão de minutos tinha uma pequena provisão de roupa para o fim-de-semana. Estava assombrada pela variedade de peças que havia disponíveis e perguntou-se a quantas convidadas teria Nick obsequiado daquela maneira desde que adquirira o navio.

Abby pôs uns calções azuis celestes e uma camisola de renda, a condizer com uns sapatos de vela e atou o cabelo comprido atrás do pescoço. O seu telefone tocou. Era Nick, que a esperava no convés superior para que pudessem tomar o pequeno-almoço juntos. Ela disse-lhe que subia em seguida e guardou o telefone, olhando-se pela última vez antes de sair. Quando saiu do elevador, Nick já a esperava. Vestia umas calças de algodão e uma camisola de linho. Abby ficou sem respiração perante a virilidade que a sua aparência transmitia. Nick aproximou-se sem afastar os olhos dela. Quando chegou ao seu lado, aproximou-se o suficiente para lhe colocar as mãos nos ombros nus.

– És a tentação personificada – disse-lhe com voz rouca guiando-a para a mesa para desfrutar de um suculento pequeno-almoço. Perto deles havia um buffet com melões, kiwis, uma grande variedade de frutas tropicais, bacon, fiambre, apetitosos ovos mexidos e uma cafeteira cheia de café fumegante.

Após um maravilhoso pequeno-almoço, Nick levou-a a dar uma volta pelo iate, que incluía uma visita à cozinha de mármore e aço, à sala de jantar para quarenta pessoas, ao ginásio com piscina coberta, sala de bilhar e teatro.

Ao meio-dia ancoraram no Golfo, a várias centenas de milhas da ilha de Nick e entraram num bote para chegarem até ao cais. Quando se dirigiam para a ilha, o bote oscilava ligeiramente entre as ondas enquanto o sol lhes banhava a pele. A água cristalina chocava contra a praia branca que brilhava ao sol. Vários metros atrás da praia, umas palmeiras altas rodeavam a vila caiada e Abby sentiu que estava num sonho. Nick deu-lhe a mão e ela sorriu.

Nick saltou do bote e ajudou-a a descer. Abby caminhou ao seu lado para a vila. A buganvília vermelha caía pelo telhado para o alpendre e o aroma dos hibiscos rosas e amarelos inundava o ar dos jardins bem cuidados. Nick levou-a para dentro para darem uma volta pelos quartos abertos inundados pelo sol, a suave brisa e cheios de móveis cómodos e brilhantes cores. O percurso terminou no quarto principal que dava para a praia.

– Nick, isto é fabuloso! – exclamou Abby dirigindo-se para a areia branca. – Que lindo! O teu próprio fragmento de paraíso! – virou-se para olhá-lo. – Não vou querer voltar à vida real.

– Vais pois – assegurou Nick aproximando-se e colocando-lhe as mãos nos ombros. – O trabalho dá contigo em louca, Abby. Eu também li artigos sobre ti na imprensa.

Ela inclinou a cabeça para observá-lo.

– E porque lês sobre mim? – perguntou surpreendida.

– Interessam-me os meus competidores. É preciso conhecer o inimigo, como diz o velho ditado.

Abby olhou-o fixamente, perguntando-se se seria agressivo. Mas afastou de si aquela visão de Nick, porque até ao momento tinha sido fabuloso: atento, sensual, encantador e sedutor. Aquele era um fim-de-semana de parênteses na sua vida. Um tempo com Nick que não voltaria a repetir-se.

– Às vezes esqueço-me que jogas no campeonato dos tigres, dos lobos e dos tubarões. No aspecto profissional, confesso que acredito na palavra que mais ouvi para te descrever: impiedoso.

– Isso não é justo – disse ele apertando as mandíbulas. – Descrever-me-ias assim tendo em conta este fim-de-semana?

– Oh, não! A minha opinião sobre ti mudou

drasticamente, Nick. Nunca voltarei a ver-te como o homem que descrevi quando nos conhecemos no sábado de manhã.

– Compraz-me ouvir isso – disse relaxando-se mais uma vez. – Aqui estamos sós, Abby. A tripulação retornou ao iate. Podemos seguir em contacto com eles por telefone ou através dos walkie-talkies. Esta praia é completamente privada, portanto… apetece-te tomar um banho?

– Claro – respondeu Abby sentindo-se como num sonho. O tempo que tinha passado com Nick tinha sido maravilhoso, diferente de tudo o que tinha vivido.

– Mas antes de trocarmos de roupa, tenho uma ideia melhor – disse ele baixando a voz e deslizando-lhe a mão pela cintura. Dirigiu o olhar para a sua boca e o coração de Abby voltou a bater com força.

Capítulo Quatro

O desejo abrasava-a. Abby morria por aquele homem alto, excitante e proibido. Nick era sexy, atractivo, e queria tudo dele. Fazer amor com ele seria algo único na sua vida. Abby alçou a cabeça e deslizou-lhe a mão em redor do pescoço.

Nos seus olhos brilhava a satisfação; inclinou-se para cobrir-lhe a boca com a sua. Exalando um ténue gemido, Abby apertou-se contra ele. Nick agarrou-lhe a cintura, estreitando-a com o seu corpo enquanto lhe deslizava lentamente a língua pela boca.

As sensações apoderaram-se dela enquanto lhe deslizava os dedos pelo grosso cabelo e com a outra lhe agarrava firmemente o traseiro. Depois subiu a mão para a sua coxa, virando-se um tanto para poder chegar ao cinto.

– Desejo-te, Nick – assegurou alçando a cabeça.

Ele deu um passo atrás para lhe tirar a camisola. Abby não tinha nada por baixo e Nick inspirou com força enquanto tirava a sua própria camisa sem afastar a vista dos seus seios.

Assim que Nick se despojou da camisa, cobriu-lhe os seios com as mãos, fazendo círculos suaves com os polegares. Então inclinou-se para introduzir um dos seus mamilos na boca, despertando nela uma tempestade de desejo.

Abby continuou a tentar tirar-lhe o cinto até que conseguiu deslizar-lhe as calças pelas ancas estreitas. Depois tirou os calções, que caíram pelos seus tornozelos, mas ela só era consciente da língua e das mãos de Nick.

– És linda! – sussurrou agarrando com os polegares a tanga delicada para lha tirar.

– Desejo-te, Nick – voltou a murmurar Abby acariciando-lhe o peito e deslizando depois a mão para lhe tirar as cuecas. A sua virilidade estava rija e pronta.

Nick pegou nela ao colo e colocou-a sobre a cama, onde se ajoelhou ao seu lado para acariciá-la e beijá-la, passando-lhe primeiro a língua pelo pescoço enquanto descia a mão. Retorcendo-se sob o seu contacto, Abby passou-lhe a mão pelo pescoço e ergueu-se para beijá-la. Ele voltou a colocá-la suavemente sobre a cama.

– Deixa-me beijar-te – sussurrou Nick. Ela olhou-o, acariciando-lhe o cabelo preto e deleitando-se na vista do seu corpo forte e despido até que a sensação a obrigou a fechar os olhos e arquear as ancas.

– Vem cá, Nick – arquejou. Mas ele segurou-lhe com delicadeza o ombro e beijou-lhe os peitos, primeiro um e depois o outro, enquanto brincava com a sua mão entre as coxas, levando o seu desejo a um ponto insuportável.

Nick deteve-se e olhou-a nos olhos enquanto lhe acariciava docemente a nuca.

– Quero excitar-te até perderes todo esse controlo frio que tens.

As suas palavras atearam o fogo que a atormentava e rodeou-o com os dedos, acariciando o seu membro antes de percorrê-lo com a língua. Nick levantou-se da cama e ajudou-a a sentar-se num extremo. Depois colocou-se diante dela, abrindo-lhe as pernas e colocando-se entre elas.

Abby deslizou muito devagar a língua, agarrando com as mãos o seu duro traseiro e as coxas musculosas. Nick soltou um gemido e levantou-a para apertá-la entre os braços e beijá-la com tal intensidade que Abby achou que ia devorá-la. O desejo de Nick resultava avassalador, a sua força maravilhava-a. Voltou a colocá-la sobre a cama e desta vez sentou-se ao seu lado e beijou-lhe um seio enquanto com a mão lhe acariciava o interior das coxas.

Beijou-a da boca à ponta dos pés, criando uma esteira de beijos húmidos que foram em aumento. Depois colocou-a de barriga para baixo e cobriu-lhe as costas de beijos. As mãos de Nick acariciavam-na enquanto a sua língua fazia o mesmo, e Abby gritou o seu nome desesperada. Agora não podia parar, e já não havia volta atrás. Queria levar Nick ao mesmo ponto de desejo que ela estava a experimentar.

Nick não se cansava de olhá-la, beijá-la e acariciá-la. Morria por estar envolvido pela sua suavidade, mas Abby era demasiado maravilhosa para se precipitar. Queria saborear cada minuto e fazer com que durasse porque aquela era a aventura amorosa mais fantástica que alguma vez tinha vivido.

A excitação apoderou-se dele. Abby era um bombom, era perfeita. Tinha pela frente um longo fim-de-semana e a sua intenção era aproveitá-lo ao máximo. Quando retornassem a Dallas, queria levar o coração de Abby como troféu para agregá-lo ao seu último encontrão profissional com Gavin Taylor. A vingança era deliciosa, melhor do que o melhor dos vinhos.

Cobriu-lhe de beijos o interior do pulso e a palma da mão. Cheirava maravilhosamente bem. Tudo nela lhe resultava interessante, era mais excitante do que qualquer outra mulher que tivesse conhecido.

Grunhindo de prazer, acariciou-lhe as voluptuosas curvas e voltou a tocá-la intimamente, descobrindo como obter dela a melhor resposta. Queria que se entregasse totalmente. A conquista do inimigo levava-o a uma cota de excitação nova para ele. Voltou a gemer quando ela se ergueu para deslizar a língua pela sua virilidade muito devagar, olhando-o. Depois tomou-o completamente na sua boca. Nick sentiu-se invadido por uma tempestade de sensações. Mudando de posição, colocou as pernas de Abby sobre os ombros para ter um melhor acesso a ela. Inclinou a cabeça para dirigir a sua língua para onde antes tinham estado os seus dedos e Abby gemeu enquanto arqueava as ancas. Movimentou-se freneticamente e atraiu-a para si.

– Faz amor comigo. Vem cá – gritou.

Nick baixou-lhe as pernas e aproximou-se de uma gaveta da mesa de noite para tirar um preservativo. Pôs-se direito, ajoelhado entre as suas pernas sem deixar de olhá-las enquanto o colocava e voltava a inclinar-se. O seu mastro roçou-a ligeiramente e depois entrou nela para logo se retirar. Um tormento ainda maior apoderou-se de Abby.

– Faz amor comigo, Nick! – sussurrou agarrando-se aos seus poderosos ombros enquanto ele deslizava devagar para o seu interior. Naquele momento achou que ia perder o controlo, mas conteve-se. O suor banhava-lhe a testa. Abby gemeu e revolveu-se de uma forma selvagem enquanto agarrava com força o traseiro de Nick e o atraía para si. Ele retirou-se e esperou uns instantes antes de voltar a investi-la. Abby mexeu as ancas, queria que ele perdesse qualquer precaução e se perdesse na paixão, tal como lhe sucedia a ela. Nick continuava a entrar e sair do seu corpo. O coração batia-lhe com força e tinha os olhos fechados. Umas luzes brilhantes explodiram sob as suas pálpebras enquanto o pulso se acelerava e ela emitia uns gemidos até que a boca de Nick cobriu a sua.

Finalmente ele perdeu o controlo. Exalando um gemido, entrou profundamente nela e Abby viu-se transportada com ele, alcançando um clímax que a inundou totalmente.

– Nick! – Abby gritou o seu nome, abraçando-o com força enquanto movia as ancas e se deixava levar pelas ondas de sensação provocadas pelo êxtase.

Nick estremeceu perante o seu próprio alívio e finalmente estancou. Então cobriu-lhe o rosto de beijos doces e deitou-se de lado, atraindo-a para si.

– Ah... Foi perfeito, Abby. Melhor do que alguma vez sonhei. O melhor sexo de toda a minha vida.

Ela sorriu e olhou-o, deslizando um dedo pela sua boca sensual.

– Seduziste-me, fizeste-me perder o bom senso.

– Não me arrependo de nada, espero que tu também não – sussurrou Nick. – És fantástica – beijou-a apaixonadamente na boca, fazendo-lhe crer em cada palavra que tinha dito.

– Não quero que este fim-de-semana acabe – sussurrou. – É algo mágico.

– Não poderia estar mais de acordo – acrescentou Nick brincando com o seu cabelo. – És a mulher mais sensual que já conheci na minha vida.

– Nick, és o segundo homem da minha vida. O outro foi há muito tempo, quando estava na universidade – confessou Abby, e viu como algo se movia nas profundezas dos seus olhos.

Nick inclinou-se para a frente e beijou-a.

O beijo foi como uma afirmação de proximidade e do à vontade que estavam juntos. Finalmente levantou a cabeça para olhá-la enquanto lhe afastava o cabelo da cara.

– És fantástica, Abby. Recordarei este momento toda a minha vida.

– Talvez, Nick – sorriu ela. – Não é possível saber o que será ou não será importante ou o que se lembrará dentro de uns anos. E por muito fantástico que isto seja – disse acariciando-lhe a face com a palma da mão, – não temos nenhum futuro juntos. Nada pode mudar o facto de que somos rivais. O meu pai e tu são inimigos irreconciliáveis. Este fim-de-semana é o primeiro e o último.

Nick pôs-lhe um dedo nos lábios.

– Chiiiu, Abby. Não vás por aí agora. Estamos imersos na borbulha do nosso próprio paraíso. Deixa-me gozar o momento, espero que tu também possas fazê-lo.

Ela sorriu e acariciou-lhe o peito, deslizando a mão até às suas ancas.

– Estou totalmente de acordo. Vivamos o momento. É a melhor noite da minha vida.

– E que me dizes a tomar o melhor duche da tua vida? – perguntou-lhe Nick com um sorriso. Ela riu-se.

– Que tens em mente? – perguntou-lhe.

Nick pôs-se de pé e agarrou-a. Tinha o corpo ardente e Abby pendurou-se nele enquanto lhe cobria o rosto de beijos até que Nick se virou para beijá-la. Em questão de minutos, soube que estava outra vez excitado. Abby deteve-se e inspirou várias vezes com dificuldade.

– Vamos beijar-nos, Nick.

Ele pegou nela ao colo e levou-a para a casa de banho gigantesca, onde entraram num duche rodeado de vidro. Nick pô-la no chão enquanto abria a água quente.

Ensaboaram-se mutuamente, mas a cada carícia o desejo mútuo ia em crescendo até que Nick a montou em cima dele, como se de um cavalo se tratasse, para voltarem a fazer amor.

O prazer apoderou-se vertiginosamente de Abby enquanto se agarrava aos seus poderosos ombros e se movia com ele.

– Nick! – gritou antes de beijá-lo apaixonadamente.

Depois de se lavarem e secarem um ao outro, sempre a brincar, voltaram para a cama a fim de se refugiarem nos braços um do outro.

– Queres ir nadar? – perguntou-lhe Nick.

– Ainda não – respondeu ela com uma voz lânguida, deslizando-lhe uma mão pelo corpo. – Isto é muito mais interessante.

– Eu também acho o mesmo – assegurou Nick brincando com as suas madeixas de cabelo. – Tens uma paixão pela vida que me surpreende. O teu cabelo selvagem é boa prova disso. Contradiz os teus fatos de calças e casaco.

– Adoro a minha vida e os fatos de calças e casaco, mesmo que tu os aches aborrecidos. Gosto do meu trabalho, e como já te disse, algum dia gostaria de me estabelecer por conta própria. Embora me dê medo fracassar.

– Se fracassares, varres e apanhas os cacos e continuas em frente.

Abby suspirou e acariciou-lhe a penugem do peito.

– Tenho medo do fracasso porque o meu pai mo esfregaria na cara. Não suporta o fracasso.

– Isso é um disparate, e ainda mais no mundo dos negócios. Deverias construir uma couraça para que não te importe o que ele pensa de ti.

– Deveria, mas não consigo. Tu tens medo de alguma coisa, Nick? – perguntou alçando a vista para olhá-lo.

Ao ver que não respondia, perguntou-se em que estaria a pensar.

– Portanto existe alguma coisa com a qual te mostras precavido? Não posso imaginar de que se trata…

– No mais profundo da minha alma assusta-me voltar a ser pobre, mesmo sabendo que não faz sentido. Não poderia sequer gastar todo o dinheiro que ganhei – murmurou Nick com uma expressão sombria. – Quando era menino fui muitas vezes com fome para a cama. Os meus pais bebiam, e gastavam o dinheiro nisso. Por isso tenho de continuar a ganhar dinheiro. Gostaria de dedicar mais tempo a obras solidárias. Tenho dinheiro mais do que suficiente, mas não penso casar-me, e o meu irmão também não, portanto não tenho a quem deixar a minha fortuna.

– Isso soa deprimente, Nick. Certamente nunca discutirás com a tua mulher como os teus pais o fizeram, e ficarás sem formar uma família. Tens um irmão e estás muito unido a ele. Espero que algum dia mudes de opinião.

Nick sorriu e acariciou-lhe suavemente a face.

– O Noah e eu estamos a construir um império internacional. Isso ocupa-me a mente e todo o meu tempo – Nick atraiu-a para si para abraçá-la. – Nunca tinha contado a ninguém estes sentimentos. Bem sei que é ridículo, mas não posso evitá-lo. Tal como tu não consegues deixar de preocupar-te com o teu pai – enredou uma das suas madeixas avermelhadas num dedo e olhou-a. – Suponho que é essa a razão pela qual me agarro à Corporação Colton, a minha primeira empresa. Tenho outras companhias que compro e vendo, mas conservo sempre essa. Mas o que agora quero fazer é voltar a possuir-te. Beijar-te e percorrer-te inteira.

– És insaciável – murmurou Abby sorrindo.

– É porque me manténs excitado, como se nunca tivesse feito amor – Nick suspirou e colocou-a de lado para lhe cobrir os seios com ambas as mãos. – Ah, Abby…

Naquela noite no pátio, enquanto Nick fazia uns bifes no churrasco, Abby observou-o. Envergava uma camisa branca de linha e umas calças cinzentas. A cada hora que transcorria lhe parecia mais bonito.

Quando foi ao iate procurar alguma coisa para vestir, tinha encontrado vários vestidos de algodão cosidos à mão pelos nativos. Agora vestia um verde brilhante com renda branca. Antes do jantar, Nick tinha-lhe posto uns hibiscos amarelos no cabelo e tinha calçado os sapatos de vela que tinha no iate.

– Continuas a pensar que sou um tubarão? – perguntou ele passando-lhe uma Margarita.

– O que é que tu achas? – perguntou Abby por sua vez. – Ajo como se estivesse na presença do lobo mau?

O desejo acendeu os olhos de Nick e deu um passo em frente.

– Brindo à tua mudança de opinião e a uma noite sensual – disse alçando o copo.

– Tenho de acrescentar às tuas qualidades a de seres um bom barman – assegurou Abby dando um gole à bebida. – Isto está delicioso.

– Não é essa a qualidade pela qual quero que te lembres de mim – murmurou ele com malícia.

– E não será. Lembrarei o teu carisma – admitiu ela. – E a tua habilidade para... brincares – disse finalmente.

Nick aproximou-se para lhe acariciar o pescoço. Tinha os dedos em brasa e a sua carícia resultava excitante.

– Lembrarei os teus beijos ardentes, o teu modo de me seduzires e o teu corpo forte.

– O jantar já está – disse Nick com voz áspera deixando sobre a mesa a sua bebida e tirando-lha das mãos. Depois atraiu-a para si para beijá-la.

O coração de Abby batia com força. Desejava-o, e o jantar tinha deixado de importar-lhe. Era indiferente que se queimasse, e para Nick aparentemente também.

Fizeram amor numa espreguiçadeira enquanto a carne se transformava em carvão e mais tarde comeram filetes de peixe que Nick tinha preparado na chapa.

– Amanhã regressamos a casa – disse Abby naquela noite, deitada numa rede entre os seus braços. – É hora de regressarmos à realidade, Nick.

– Mas não de dizermos adeus. Vem jantar comigo na quarta-feira à noite – propôs-lhe.

– Não posso – respondeu Abby consciente que nesse dia fechava o acordo para o qual andava a trabalhar há mais de meio ano. Seria a maior venda da Propriedades Taylor, e contava converter-se em vice-presidente graças à operação. Sabia que quando se fechasse o contrato, tanto Quinn como o seu pai quereriam ir celebrá-lo. Tal como o resto dos trabalhadores da empresa.

– Na quinta-feira saio da cidade – continuou Nick a dizer. – Voltarei no fim-de-semana. Quero voltar a ver-te.

– Não seria boa ideia – respondeu Abby. – Foi um tempo maravilhoso, mas não nos levará a nenhuma parte e ambos o sabemos. Ainda assim, alegro-me de ter passado este tempo contigo – sussurrou beijando-lhe suavemente os lábios.

Ele abraçou-a num instante entre os seus braços. Beijou-a e Abby esqueceu-se num instante dos seus planos.

Era quase meio-dia do dia seguinte quando a fome a atacou com força.

– Estou esfomeada, Nick – disse sorrindo-lhe enquanto estava entre os seus braços.

– Eu também – respondeu ele com uma voz rouca, beijando-lhe o pescoço.

– Não, refiro-me a querer tomar o pequeno-almoço, almoçar ou o que quer que seja.

– Vem cá e já pensamos nisso – insistiu Nick com os olhos brilhantes.

– Não, tenho mesmo muita fome – repetiu ela, divertida.

– Muito bem. Terás de esperar que nos tragam a comida do iate. Mas se quiseres, antes podemos ir saquear a cozinha, a ver se encontras alguma coisa que te agrade.

– Eu vou – assegurou Abby saindo da cama e colocando um robe de seda.

Nick deixou-a sair e ela teve a impressão que estava a tratar de «arrefecer» os ânimos antes de ir ter com ela. Uns minutos mais tarde, Nick apareceu na cozinha vestido com umas calças de ganga justas que não lhe tinha dado tempo de abotoar, e o desejo de Abby atiçou-se.

Depois de comerem alguma coisa, naquela tarde foram mergulhar e navegar à vela, e Abby percebeu que Nick desfrutava da vida como o seu pai nunca tinha feito, apesar da sua riqueza. Nem ela.

Voltaram a fazer mergulho e depois regressaram ao quarto de Nick para fazerem amor, onde permaneceram até segunda à tarde, quando tomaram o bote para subirem ao iate e dirigirem-se para Galveston. À noite voltou a vestir o vestido preto e reuniu-se com Nick no convés superior para jantarem e dançarem. Negava-se a pensar em dizer-lhe adeus.

Nick seduziu-a e brincou com ela. As únicas luzes que os rodeavam eram as da piscina, e Abby despiu-se para nadar com ele. Fizeram falta só uns minutos para que a atraísse para si.

– Nick, isto é um paraíso autêntico – assegurou ela flutuando na água.

– Agora sim. Foi-o desde que te fui buscar para irmos jantar. Ainda bem que estás aqui comigo.

Sentindo como o seu pulso se acelerava, Abby colocou-lhe as mãos nos antebraços antes de lhe deslizar a mão pela nuca para atraí-lo para si e beijá-lo. Tinha o corpo húmido, ardente, e o desejo dele apertava-se contra o seu ventre. Em breve estavam outra vez numa espreguiçadeira ao lado da piscina a fazerem amor, e depois introduziram-se de novo no camarote de Nick para voltarem a fazer amor.

Na terça-feira de manhã, quando estavam a tomar o pequeno-almoço, Nick esticou a mão por cima da mesa, agarrando-lhe a mão para lhe beijar suavemente os nós dos dedos. Estava vestido com uma camisa preta informal e umas calças escuras. A cada dia que passava lhe parecia mais atractivo.

A brisa afastava-lhe as madeixas de cabelo da testa. Nick voltou a olhá-la e beijou-lhe outra vez os dedos.

– Tem cuidado – advertiu Abby, divertida. – Ou não terminaremos nunca o pequeno-almoço.

– Na sexta-feira à noite podemos apanhar o avião para outra das minhas casas. Tenho um refúgio nas montanhas de Colorado. Será um cenário diferente.

A primeira reacção de Abby foi emocionar-se. Outro fim-de-semana com Nick. Mas então reapareceu a sua habitual cautela. Outro fim-de-semana com Nick, conhecendo-o melhor. Algo que tinha prometido não fazer.

– Nick, pensei que não íamos ser amigos – disse. – Já sabes que não faz sentido.

– E porque tem de fazer sentido? – perguntou ele. – Eu gosto de estar contigo. Quero voltar a fazer amor contigo. Quero ver-te nua na minha cama. Este é o sentido, e é muito melhor do que as razões que muitos casais arquitectam para estarem juntos.

– No nosso caso é diferente e sabe-lo bem.

– Sobreviveste a este fim-de-semana com o coração intacto. Vem comigo na sexta-feira às montanhas e deixa-me mostrar-te a minha casa de Colorado. É muito bonita nesta época do ano.

– Imagino – murmurou Abby debatendo-se entre a lógica e o desejo ao pensar nos dias tão maravilhosos que tinha passado a seu lado. Olhou-se nos seus sensuais olhos escuros e depois observou a sua boca igualmente sensual. – Como poderia negar-me? – perguntou assentindo.

– Ah, excelente, Abby.

– Alguma vez não te sais com a tua? – perguntou-lhe com autêntica curiosidade.

– Claro! Já sabes que não se consegue sempre o que se deseja. Vou-te buscar na sexta-feira à tarde, por volta das seis para que possamos chegar cedinho. Vais adorar estar lá. À noite refresca sempre.

– Não me preocupa o tempo – disse aborrecida consigo própria por ser incapaz de lhe resistir.

– Não ponhas essa cara tão séria. Passámos uns dias maravilhosos e voltaremos a passar. Quero um sorriso – disse Nick alçando-lhe o queixo e olhando-a nos olhos.

– Desisto – disse Abby sorrindo. – Mais uma vez saíste-te com a tua.

– Sou encantador – respondeu Nick. E ela teve de rir. – Isso e os meus beijos, que são irresistíveis.

Abby abanou a cabeça.

– Quantas casas tens? – quis saber, perguntando-se pelo seu estilo de vida.

– Tenho umas águas-furtadas em Nova Iorque

por questões de trabalho. Apartamentos em Chicago e Londres. Uma vila em Espanha e a da ilha, uma casa em Dallas, nas montanhas de Colorado e outra no litoral Oeste. Um dos meus melhores amigos, o Ryan, tem uma cadeia de hotéis nalguns dos lugares aos quais viajo com frequência, e alojo-me neles. Fénix, Tóquio e Monterrey foram paragens habituais para mim nos últimos dois anos.

– Estás alguma vez em casa? Impressiona-me que vás dedicar três semanas a obras de caridade. Deves passar a vida a viajar. Eu tenho uma semana muito ocupada.

– E depois estarás pronta para outra escapadela – disse Nick deslizando o olhar para a sua boca. – Estaremos de volta a Galveston antes de dares por isso. Vem comigo – pediu-lhe colocando-se de pé.

Mal tinham provado o pequeno-almoço, mas Abby sabia que iam ao seu camarote fazer amor. Em questão de minutos estava de novo nos braços de Nick e o tempo tinha deixado de existir.

A noite já tinha caído quando a levou para casa e a acompanhou até à porta.

– Foi maravilhoso, Nick.

– Não digas isso como se nos estivéssemos a despedir para sempre – disse ele agarrando-a pela cintura. – Vejo-te na sexta-feira por volta das seis.

– Eu sei, mas quero agradecer por este maravilhoso fim-de-semana que recordarei toda a minha vida.

– Não, não recordarás nada – Nick roçou-lhe

suavemente o nariz. – Algum dia conhecerás um homem que te apagará todas as lembranças deste fim-de-semana.

– Parece que estás encantado por me deixares ir – respondeu Abby com solenidade, perguntando-se se para ele aquele fim-de-semana não teria sido algo do mais normal.

Nick atraiu-a para si e beijou-a longamente até que ela se esqueceu da conversa anterior.

– Se te convidar a entrar, amanhã chegarei tarde e isso não pode ser – disse Abby levantando a cabeça.

– Não quero deixar-te partir e não queria dar a impressão que não me importa que outro tipo apareça e te roube o coração. Não quero mesmo nada dizer-te adeus nem deixar-te partir – disse acariciando-lhe a nuca.

– Nick! – sussurrou ela voltando a beijá-lo até que finalmente tirou a chave e abriu. Nick fechou a porta com um pontapé, agarrando-lhe as nádegas sem deixar de beijá-la.

Em menos de um minuto tinham tirado a roupa e, quando ele a pegou ao colo, Abby rodeou-lhe a cintura com as pernas. Nick apoiou-se contra a porta e afundou-a na sua forte virilidade, amando-a mais uma vez.

Mais tarde tomaram duche e Nick apertou-a entre os braços enquanto falavam, até que finalmente, por volta das onze da noite, se levantou e se vestiu.

– Aonde vais a estas horas?

– Vou-me embora para não chegares tarde ao trabalho.

Abby levantou-se da cama e pôs um robe de algodão enquanto o via sair. Seguiu-o até à porta, deu-lhe um beijo de boa noite e ficou a olhar até que as luzes do carro desapareceram ao dobrar a esquina. Quando tinha fechado a porta à chave, o seu telemóvel tocou.

– Não ouviste as mensagens – disse-lhe Quinn Nash no outro lado da linha.

– Olá, Quinn. Não, desculpa, estava fora da cidade. O que foi? – perguntou assustada ao perceber o tom de preocupação da sua voz. Percebeu que algo de mal tinha ocorrido para que lhe tivesse deixado mensagens e ainda continuasse a telefonar às onze da noite.

– É melhor sentares-te, Abby. Perdemos o acordo. Uma empresa da qual nunca ouvi falar na minha vida, a Centennial Brokerage, que está só há um ano em Dallas, abarbatou a Dale Masaryk. A Centennial vendeu outros terrenos à empresa de Masaryk. O nosso acordo não vai ser assinado. O teu pai disse-me que saísse do seu escritório e não voltasse. Despediu-me.

Capítulo Cinco

Enquanto conduzia a caminho de casa, Nick já tinha saudades de Abby, o que o surpreendeu. Normalmente, após um fim-de-semana assim, gostava de passar um tempo sozinho. O seu irmão acusava-o sempre de ser um solitário, mas naquela noite tinha saudades de ter Abby ao seu lado.

Era uma mulher fabulosa, encantadora e sensual, e estava desejoso que o próximo fim-de-semana chegasse. Não podia deixar de pensar nela. Nick cumprimentou o porteiro e entrou em casa. Deslizou o olhar pela fonte de três canais, os telhados da mansão e as janelas defensivas da fachada, observando tudo como faria Abby e perguntando-se se ela gostaria. Então riu-se para com os seus botões. Desde quando lhe importava se alguém ficava impressionado com alguma das suas casas ou com o seu iate? Mas a opinião de Abby importava-lhe, e perguntou-se porquê, tendo em conta que a tinha seduzido por vingança.

– Não totalmente – admitiu em voz alta, consciente que teria agido da mesma maneira mesmo que a vingança não tivesse entrado em jogo. Abby era deliciosa e desejava-a. Nem mais nem menos.

No entanto, que doce era a vingança! Saborearia aquele triunfo durante muito tempo. A sua única desilusão era não ter podido ver a cara de Gavin Taylor quando soubesse que a sua filha tinha passado uns dias com ele.

Nick estacionou na garagem para cinco carros. A limusina estava ali estacionada, mas não havia nem rasto do motorista. Entrou em casa e deixou as chaves na cozinha antes de desligar o telefone para ouvir as mensagens. O irmão tinha telefonado, e também havia duas mensagens de duas mulheres.

– Lamento, queridas – disse na cozinha vazia. – Vocês foram substituídas por alguém mais atraente e sensual. Não voltarei a telefonar-vos.

Nick subiu as escadas de caracol de dois em dois degraus, chegando ao patamar da escada da suite principal, onde tirou a roupa, pôs uma toalha e desceu pelas escadas para nadar nu na piscina iluminada. Ali tinha intimidade, e sabia que naquela noite custar-lhe-ia adormecer. O desejo de ter Abby ao pé dele continuava, e lamentou não ter ficado a dormir com ela, embora pelo que lhe tinha contado, sabia que no dia a seguir teria um dia duro. Pensou no acordo no qual Noah e um dos seus advogados andavam há tanto tempo a trabalhar para arrebatá-lo ao velho Taylor. Se Noah conseguisse arruinar o acordo de Gavin Taylor e Gavin se apercebesse de que tinha seduzido a sua filha, a vingança seria completa. Nick sorriu enquanto nadava. Estava ansioso que chegasse o dia seguinte para ouvir o relatório de Noah.

Na manhã seguinte, Nick dirigiu-se para a sede central das Empresas Colton. Sentou-se à secretária. No dia a seguir tinha de ir de avião a Los Angeles para ver uma propriedade que tinha e decidir se ia colocá-la à venda ou restaurá-la. Em Outubro teria de viajar a Tóquio para supervisionar as propriedades de lá e não poderia ver Abby nesse mês a menos que viesse a casa aos fins-de-semana. Mas afastou dele tal pensamento. Ainda estavam em Agosto. E provavelmente em Outubro já teria deixado de vê-la.

Nick pôs-se a pensar então no acordo que estava a tentar arrebatar a Gavin Taylor, no qual o seu rival andava há meses a trabalhar. Nick pediu a Noah que utilizasse a Centennial Brokerage, a empresa que o irmão tinha adquirido em Fevereiro desse ano, para fechar a operação. Assim Nick arrecadaria parte dos lucros e, com tempo, Gavin Taylor tomaria conhecimento que era a empresa de Nick que lhe arrebatara o negócio, porque a Centennial pertencia às Empresas Colton.

Assim que Abby soubesse quem tinha ficado com o negócio Masaryk, Nick sabia que não voltaria a vê-la. Mas com um pouco de sorte, ainda poderiam desfrutar de mais um fim-de-semana a dois.

Nick remexeu-se, incómodo, na cadeira e voltou a pensar nela. Era uma mulher impressionante e desejava-a. Olhou para o calendário e chamou a secretária.

– Vê lá se podes mudar as minhas reuniões em

Los Angeles. Gostaria de partir hoje e voltar um dia antes. Se conseguires, telefona ao meu piloto para que tenha o jacto preparado – pediu-lhe antes de desligar.

Quando ouviu como batiam à porta, soube que era a sua secretária e mandou-a entrar.

– Bom dia – disse uma morena baixinha, abrindo a porta. – Aqui está o seu novo itinerário para Los Angeles. Parte hoje às dez da manhã. Também lhe trago uma lista com os telefonemas que recebeu na sexta-feira e no sábado de manhã. Aqui está a sua agenda com as reuniões.

– Obrigado, Peggy – respondeu Nick aceitando os papéis que lhe deu antes de sair.

Quando ia agarrar o telefone para telefonar a Abby, voltaram a bater à porta.

– Força – disse Nick vendo como Noah entrava no gabinete. Vestido com um fato cinzento antracite e gravata vermelha, tinha aspecto do executivo de sucesso que era. Tinha menos dois anos do que Nick e era quase tão alto como ele. Deixou cair a mala numa cadeira.

– Bom dia, irmão – cumprimentou-o Noah com um sorriso de orelha a orelha. – Conseguimos! – exclamou com os olhos brilhantes. Esta noite podes celebrá-lo em grande estilo! – exclamou chocando a mão com a de Nick, num gesto de júbilo.

– Fantástico, Noah! – exclamou Nick colocando-se de pé para lhe dar uma palmada nas costas. – Conseguiste!

– Queres dizer que conseguimos. O velho Taylor vai ficar uma fera quando descobrir quem está por trás da Centennial e da perda de um acordo multimilionário.

– Quando é que fechaste o negócio? – quis saber Nick enquanto o irmão tirava um montão de papéis da mala.

– Ontem à tarde. Vinte e quatro horas antes do momento em que se supunha que ia assinar com o Taylor. Bem podes estar contente. Ganhaste um monte de dinheiro.

– Penso celebrá-lo luxuosamente – assegurou Nick, triunfante. – Jamais me esquecerei da cara do Gavin Taylor a olhar-me nos olhos e dizer que nunca chegaria a ser nada.

– Merece isto, mas de qualquer forma não terias sido feliz a trabalhar com ele.

– Julgou-me pelo nosso pai e achou que lá por ter crescido pobre ia ficar pobre. Mas quando ele tratou de impedir que conseguisse trabalho numa imobiliária de Dallas, a nossa luta começou. Desde então não tem parado de pisar-me todos os negócios.

– Ontem pagou-as bem por ter tentado acabar com todos os teus acordos desde que começaste. O nosso pai deve ter feito alguma coisa muito forte ao Taylor.

– Quem sabe? – Nick encolheu os ombros. O pai dava-se mal com muita gente quando estava bêbado. Não imagino como conseguiu trabalhar como jardineiro para o Gavin Taylor. Nunca soube nada dessa história, e acho que tu também não.

– Não, mas o papá deve ter feito alguma coisa

que enfureceu o Taylor. Ainda assim, o Taylor não devia tê-lo pago contigo.

Nick ainda se lembrava das entrevistas de trabalho nas empresas Taylor quando saiu da universidade e queria fazer-se à vida. Teve duas entrevistas que correram bem. Quiseram que conhecesse o presidente, Gavin Taylor, e marcaram-lhe uma nova entrevista com ele. Nick gostava da empresa e foi a essas entrevistas com a certeza que conseguiria o trabalho.

Gavin Taylor estava sentado à secretária a escrever e nem sequer se incomodou em alçar a vista ou em levantar-se quando Nick entrou e a recepcionista fechou a porta. Após dois longos minutos, Gavin deixou a caneta e olhou-o.

– Com que então és o filho desse maldito bêbado – disse. E Nick lembrava-se como ficou frio e quente ao mesmo tempo.

– Não conseguirás nenhum emprego na minha companhia – anunciou-lhe Taylor com desprezo. – Despedi o teu pai e não te contratarei a ti. Era o meu jardineiro, sabias?

– Não, não sabia. E eu não tenho problemas com a bebida – anunciou Nick. – Aqui tem o meu historial académico da universidade. Tudo Excelentes.

– Miúdo, és uma acção sem valor. Procedes do lixo e nunca triunfarás nem conseguirás nada. Não quero ter-te por aqui. Desaparece!

Pálido de ira, Nick ficou ali de pé com os punhos apertados. Ainda se lembrava da fúria que lhe bulia no interior.

– Senhor – disse finalmente com voz pausada, –

chegarei a ser alguém e, quando esse dia chegar, encarregar-me-ei de que o senhor tenha conhecimento.

Nick deu meia volta e saiu dali a arder de raiva e humilhação, mais decidido do que nunca a triunfar.

– Deixa de pensar nisso, Nick – pediu-lhe Noah. – Sei o que estás a relembrar, mas com este trato estamos empatados.

– Durante aqueles primeiros anos, quantas vendas o Gavin me arrebatou? Eu estava muito verde, acabava de começar, ele tinha poder e influência. Transformou a minha vida num inferno durante vários anos. Mas já me vinguei. E não foi só com este acordo – Nick sorriu ao irmão. – Conheces a filha do Gavin?

– A Abby Taylor? Sim, uma vez vista, é impossível esquecê-la. É uma mulher de revista, lindíssima. Surpreende-me que não seja casada, mas ouvi dizer que vive por e para o trabalho. Porque é que perguntas?

–O que é que achas que o Gavin Taylor fará quando descobrir que a sua filha dormiu comigo?

– Bem! – Noah ficou boquiaberto. – Isso é que é uma surpresa. Quando foi isso?

– Conheci-a num acto solidário e lancei-lhe todos os meus encantos. Deve ter bastado, porque este fim-de-semana andou a navegar comigo. Voltámos ontem à noite.

– Estás a gozar! – exclamou Noah com um sorriso de orelha a orelha. – O Taylor vai ficar furioso. Isso sim, uma bela vingança final, Nick! Mas ela deve conhecer a inimizade entre o pai e tu…

– Pois conhece. Mas não suspeita dos meus motivos. Afinal, para mim não foi nenhum sacrifício.

– Nem mais, ela é linda – riu-se Noah passando a mão pelo cabelo. – Estou realmente impressionado, Nick. Tens a tua vingança completa e, além disso, ficaste milionário com a operação. Agora podes fundir a Colton com essa empresa pequena que comprei no Inverno passado, e assim o Taylor saberá quem lhe fez tudo isto.

– As coisas estão bem como estão. Podes continuar tu com essa empresa, Noah.

– E vais voltar a ver a Abby Taylor? Não sei porque é que te faço esta pergunta. Quando descobrir o que fizeste ao pai e ao seu negócio, estás acabado.

– Talvez sim ou talvez não – murmurou Nick perguntando-se quão influenciada seria Abby pelas circunstâncias do seu pai.

– Que optimista! – disse Noah colocando-se de pé. – Bom, já sei que vais a Los Angeles, mas temos de festejar em breve. Por fim vingaste-te. Já podes deixar descansar esses demónios.

– Sim. O que lamento é não ter estado lá para a assinatura, mas era melhor que estivesse por trás do pano de fundo.

– O certo é que cabe a possibilidade de que ninguém saiba que estás relacionado com este acordo durante uns dias. Levará um tempo, mas no final a história da Centennial será do conhecimento geral e a imprensa fá-la-á pública.

– O Gavin Taylor saberá antes, quando souber onde a Abby esteve. Espera até descobrir isso.

– Apaixonou-se por ti e partiste-lhe o coração... perfeito!

– Não sei se se apaixonou, mas a sedução é um facto.

Noah riu-se e saiu porta fora. Nick inclinou-se na cadeira e pensou nas notícias de Noah. Tinham roubado um negócio a Gavin Taylor mesmo à frente dos seus olhos!

Nick consultou o relógio e soube que era quase hora de ir para o aeroporto. Levantou o telefone para fazer um telefonema rápido a Abby, perguntando-se se já saberia do acordo do seu pai. Não lhe respondeu, portanto decidiu telefonar-lhe mais tarde.

Nick estava desejoso de vê-la. Estaria tão furiosa pelo que tinha feito ao seu pai que se negaria a sair com ele? Não se daria conta da sua implicação naquele assunto até dentro de uma semana, com um pouco de sorte, talvez mais.

Nick voltou a olhar para o relógio e soube que tinha de ir andando. Agarrou na mala e saiu. No caminho para o aeroporto e durante todo o voo para Los Angeles, a sua mente saltava do contrato que acabava de arrebatar a Gavin Taylor para as lembranças do seu fim-de-semana com Abby. Estava desejoso de regressar a Dallas para vê-la. Animou-se pensando que iam passar, juntos, o fim-de-semana em Colorado.

Abby sentiu-se invadida pela decepção, que caiu sobre ela como uma pedra. Ficou paralisada e depois desatou a suar. Inspirou com força para tratar de relaxar-se... não era o fim do mundo.

E no entanto, sentia que o universo tinha explodido. As suas esperanças e sonhos tinham-se feito em pedaços. O impossível tinha sucedido. Pensava que tinham um acordo, que tudo estava resolvido excepto a formalidade de assinar os papéis. Escutou uma voz que gritava o seu nome e percebeu que Quinn estava a falar com ela do outro lado do telefone.

– Abby! Estás aí? Responde!

– Estou aqui, Quinn. Pára de gritar. Estou impressionada. Terão perdido o direito à fiança...

– Pois foi. Deram uma volta completa e o acordo não se assinou. Já compraram outros terrenos. O Masaryk pediu-me desculpas quando me telefonou. Disse-me que os outros terrenos estavam num lugar ideal e que se ajustavam melhor às suas necessidades. Com certeza, corri a informar-me com quem tinham assinado o contrato. Trata-se de uma empresa pequena da qual nunca ouvimos falar.

Abby pensou na venda multimilionária. As comissões iam ser impressionantes.

– E o meu pai, Quinn?

– Está vermelho de ira. Está a investigar, mas não acho que possa fazer nada. É tudo legal. Tu conheces o teu pai. Todos o andam a evitar. O que é que tu vais fazer? Esconder-te dele também?

Abby continuava a olhar para o infinito e a pensar na venda.

– Suponho que não – murmurou. – Irei amanhã ao escritório.

– És sua filha. Não te despedirá.

– Não, calculo que não – disse Abby pensando na sua prometida ascensão à vice-presidência, consciente de que não ia acontecer. O pai tinha muito mau feitio e muito pouca paciência nos negócios. Não a ascenderia até que fizesse alguma coisa que compensasse aquela perda. Contemplou a possibilidade de ficar no dia a seguir em casa e deixar passar um dia para que se acalmasse.

– Vou falar com ele para que não te despida, Quinn. É absurdo despedir-te por causa disto. Foste um grande agente e sabes que lhe convém ter-te com ele. Deste muito dinheiro a ganhar à empresa. Amanhã telefono-te e digo-te o ponto da situação.

– De acordo, tens o meu número, Abby. Já me fizeram uma oferta de trabalho, portanto não estou preocupado. O que de verdade lamento disto é que sinto como se te tivesse deixado na mão.

– Não te preocupes comigo, Quinn. Os negócios são assim, e estas coisas acontecem. Obrigada por telefonares – disse antes de desligar.

Abby pensou na comissão que tinha perdido e suspirou. Nunca conseguiria uma venda igual. Nunca. E ela de passeio no iate de Nick.

Quando o pai soubesse onde tinha estado, ficaria lívido. Pensou no fim-de-semana seguinte e no convite de Nick, que já aceitara.

Poderia ocultar esse facto ao pai. Ou podia fugir com Nick e contar ao pai mais tarde. Mais tarde ou mais cedo teria de sabê-lo, além disso já era adulta e podia fazer o que lhe apetecesse. Mas sabia que aquilo o enfureceria e magoaria.

As lembranças de Nick obnubilaram-na e durante um instante deixou de pensar no que tinha perdido. Tinha sido um fim-de-semana fabuloso. O mero facto de pensar em Nick acelerava-lhe o pulso, e desejou poder vê-lo antes de sexta-feira.

Demorou mais de uma hora a adormecer e, quando tocou o despertador, apagou-o e voltou para a cama. A luz do sol despertou-a uma segunda vez, Abby endireitou-se e viu que já passavam das oito. Sentou-se na cama. Aquele era o dia no qual se supunha que iam fechar o negócio. Abanou a cabeça. Não servia de nada lamentar o que tinha perdido.

O telefone tocou. Abby deu um salto e atendeu. Era a voz de Nick. Imediatamente lhe levantou o ânimo.

– Tenho saudades tuas – disse ele com voz rouca. – Adiantei a minha viagem um dia porque não podia ir jantar comigo, e assim chego antes a casa. Há alguma possibilidade nos vermos antes de sexta-feira?

Abby pensou no que tinha pendente e concluiu que não era muito, porque tinha dedicado todo o tempo ao grande acordo. Sentiu desejos de mandar tudo às urtigas e ir com ele, mas sabia que não podia.

– Tenho de ficar, Nick. Pelo menos até sexta de manhã.

– Ah, então partíamos antes – sugeriu ele. – O que é que achas de te ir buscar ao meio-dia?

Abby sorriu.

– Que seja às duas em ponto. Até lá, todo o mundo terá desaparecido do escritório, incluído o meu pai, e poderei sair sem problema.

– Vou contar os minutos – murmurou Nick. – Não posso deixar de pensar em ti e no nosso fim-de-semana. Quero ter-te nos meus braços.

Abby estremeceu e o desejo transformou-se numa chama.

– Nick – sussurrou,– eu também me tenho lembrado. Foi maravilhoso e mal posso esperar para te voltar a ver.

– Tinha de ouvir a tua voz. Posso voltar a telefonar-te esta noite?

– Sim, por favor. Estarei à espera. Entretanto, digo-te adeus – disse enquanto escutava a despedida de Nick antes de desligar o telefone. Abby fechou os olhos e deixou-se levar pelas lembranças até que ardeu de desejo devido aos seus beijos. Exalando um suspiro, pôs-se de pé e vestiu-se para ir para o trabalho. O pai estaria furioso e seria um inferno estar perto dele, e evidentemente seria assim durante o resto da semana. Confiava poder convencê-lo para que pedisse a Quinn para voltar. Quinn era um grande vendedor. Abby coçou a testa e dirigiu-se ao armário para ir buscar o seu melhor fato. Queria parecer segura de si e bem-sucedida.

Uma hora mais tarde, vestida com um fato de calças e casaco preto, abriu a porta dupla de vidro e entrou no edifício térreo de tijolo da Propriedades Taylor. E a primeira pessoa com quem se deparou foi com o seu pai, que estava a falar com a recepcionista. Virou-se para olhar para ela.

– Vem ao meu escritório, Abby – pediu-lhe. E ela sentiu toda a sua fúria.

Capítulo Seis

Durante um instante, Abby experimentou o mesmo terror que sentia quando era pequena e tinha de enfrentar a sua ira, mas recompôs-se. Sabia que ia discutir com ele, mas perder um contrato não era o fim do mundo. Poderia fazer outras vendas, e Quinn também.

Correndo para seguir as longas passadas do pai, seguiu-o até ao escritório, que estava repleto de antiguidades, quadros antigos e prémios. Gavin colocou-se detrás da sua gigantesca secretária de mogno lavrada e depois virou-se para olhá-la com as mãos na cintura. Estava vestido com um dos seus fatos pretos de mil dólares. A camisa branca com as iniciais e a gravata cinzenta antracite estavam imaculadas. Tinha um aspecto poderoso e intimidatório, mas Abby tinha decidido há muito tempo que ele não iria conduzir a vida dela.

Fechou a porta do escritório, alçou o queixo e aproximou-se para olhá-lo de frente.

– Recebi uma chamada do Quinn a dizer que perdemos a venda. Lamento.

– Não basta lamentá-lo – respondeu Gavin com secura. Os seus olhos verdes irradiavam faíscas e tinha o rosto afogueado.

– Não podemos fazer nada a esse respeito – Abby encolheu os ombros. – Tentei falar esta manhã com Dale Masaryk, mas não estava no escritório e não tenho conseguido dar com ele no telemóvel. Deixei-lhe mensagens nos dois lugares.

– O que é como fechar as portas do estábulo antes de roubarem o cavalo.

– Fizemos o melhor que pudemos, papá.

– O Quinn não sabe mentir e não foi capaz de encobrir-te – disse-lhe com um tom aterrorizador que no passado a teria feito tremer, mas agora já não. – Saíste da cidade para passar o fim-de-semana fora com o maior contrato da tua vida pendente. Deveria ter sido a tua prioridade.

– O Quinn estava cá, e o Dale Masaryk disse-nos que ia voltar para Illinois.

– Onde diabos estavas tu e que homem é esse tão importante a ponto de manter-te longe quando deverias ter estado aqui?

– Estava com o Nick Colton. No iate dele – admitiu, consciente que o pai ia sabê-lo mais tarde ou mais cedo.

– Como? – rugiu o pai. Tinha o rosto corado e os punhos cerrados.

– Ouviste bem. E este fim-de-semana vou a Colorado com ele – respondeu Abby com uma voz firme, enfrentando a tempestade.

– Nem sonhes! – rugiu Gavin a tremer. Deu um murro na secretária com a mão.

– Sim, vou fazê-lo – respondeu Abby dando-o por assumido. – Não podes impedir-me. Sou uma mulher adulta e escolho os meus amigos e os homens com os quais me envolvo.

– Ele não é da tua classe.

– Não, não estou de acordo. É multimilionário.

– O dinheiro não é tudo. Esse tipo é lixo, e o berço é importante. Proíbo-te que o vejas.

– Desculpa. Já sei que não gostas dele e lamento, mas não podes impedir-me. Vou com ele.

O pai brandiu um punho contra ela. – Se saíres do meu escritório com a intenção de passar o fim-de-semana com o Colton, não voltes. Não trabalharás aqui nem em nenhuma empresa sobre a qual eu tenha influência.

Assombrada, Abby pestanejou e ficou a olhar para ele.

– Não podes estar a falar a sério – disse sem dar crédito a que albergasse tanto ódio. – Vais despedir-me por sair com alguém que não aprovas?

– Ouviste-me alguma vez ameaçar em vão? – indagou.

Abby não podia crer que chegasse tão longe para obrigá-la a cumprir a sua vontade. E sabia que, se cedesse agora, o pai subjugá-la-ia durante o resto da sua vida. E no entanto, o único que tinham na vida era um ao outro.

– Papá, estás a reagir sem pensar. A família não é mais importante para ti do que qualquer contrato ou do que a pessoa com quem saio?

– Tratando-se do meu pior inimigo, não – respondeu ele com frialdade. – Sabes bem que o Colton é o meu rival mais acérrimo. Se voltares a sair com ele, Abby, tu e eu passamos à história.

As lágrimas ameaçavam cair-lhe pela cara e Abby fez um esforço por contê-las.

– Se é isso que queres – disse em voz baixa mantendo o controlo, – mas lembra-te que te amo.

Deu meia volta para sair do escritório. Quando agarrou o trinco com a mão, o pai chamou-a.

– Ora bolas para ti, Abby! Não te atrevas a ir a lado nenhum com ele! Não te atrevas! Perderás tudo. Deserdar-te-ei, e encarregar-me-ei que não te contratem em nenhuma imobiliária da cidade.

– O dinheiro não é assim tão importante – respondeu ela muito tensa e sentindo-se triste por aquela terrível briga. – Adeus – sussurrou.

– Abby! Descobrirás que o dinheiro é importante, tens um estilo de vida a que não quererás renunciar.

– Vou-me embora – disse ela, secamente.

– Não leves nada. Nada do que há aqui te pertence – ordenou-lhe.

– Tenho uns quantos pertences pessoais na minha secretária e esses são meus. Levo-os comigo – respondeu Abby com clareza. Virou-se para olhá-lo. O pai tinha os punhos dobrados sobre a secretária e estava ligeiramente inclinado para diante. Parecia disposto para uma luta.

– Vais ficar muito sozinho.

– E tu vais-te arrepender – disse-lhe Gavin. – Estás a cometer um terrível erro.

Doída e ainda assombrada perante os extremos a que o pai tinha chegado para fazer a sua própria vontade, Abby saiu do escritório e fechou a porta. Ao ir-se embora, escutou como o pai arrojava algo contra a porta.

Uns instantes mais tarde Abby estava no escritório a recolher as suas coisas. Sandra Peneski, uma colega, aproximou-se dela.

– Não posso crer que tenha feito isso – assegurou Sandra. – Nenhum de nós pensou que despediria o Quinn, mas a própria filha, a sua única filha... Isso é incrível! Há companheiros que já estão a pensar procurar outro trabalho.

– Não o deixem por culpa disto – disse Abby enquanto guardava um candeeiro que era seu. Lembrou-se durante um breve instante do dia em que começou a trabalhar com o pai a tempo inteiro, e como o celebrou com ele naquela noite jantando num elegante restaurante de Dallas. Lembrou-se quando a promoveu dentro da empresa e conseguiu um pequeno escritório.

– Vou sentir a falta de vocês todos – assegurou Abby.

– És muito compreensiva – afirmou Sandra com a preocupação reflectida nos olhos. – Eu não o seria tanto.

– Já tenho todas as minhas coisas – murmurou Abby abanando a cabeça. – Se me esquecer de alguma coisa, telefonar-te-ei para que mo guardes. Obrigadíssima pela tua ajuda e amizade. Ficamos em contacto.

Após despedir-se dos outros colegas, Abby foi-se embora ainda comocionada pela fúria do pai e pelas suas palavras. Ficaria Nick contente com o ocorrido, tendo em conta a inimizade que sentia pelo seu pai?

Abby queria pensar nas coisas e decidir que caminho tomar antes de entrar em contacto com Nick para lhe contar o sucedido. Entrou no carro e ficou ali sentada uns instantes, imersa nos seus pensamentos antes de ligar o motor. Como podia o pai ter-lhe feito uma coisa daquelas? E tudo por perder um contrato e sair com Nick. Doía-lhe a cabeça quando introduziu a chave na ignição e tentou concentrar-se na condução. Quando chegou a casa, sentiu um grande alívio ao entrar no seu apartamento. Perguntou-se se seria capaz de continuar a mantê-lo. Estava acostumada a um estilo de vida que talvez tivesse de mudar. Então deixou-se levar pela emoção e saltaram-lhe as lágrimas. Sempre tinha estado muito unida ao pai e odiava tê-lo decepcionado, mas nunca pensou que ele cortaria de um só golpe todos os laços que os uniam.

Após uns minutos, Abby secou as lágrimas e pegou nas coisas que tinha trazido do escritório para o apartamento. Não as tirou dos sacos, pensando que decidiria mais tarde o que faria com elas. Consultou o relógio e pensou que Nick estaria naquele instante a voar rumo a Los Angeles.

Abby queria decidir o seu futuro antes de falar com ele, com os amigos, ou com Quinn. Sabia que podia ir naquela mesma tarde procurar trabalho a qualquer lado. Podia trabalhar na empresa de Nick, disso tinha a certeza, mas não queria. Ligou o computador para procurar uma lista de possíveis empresas. A meia tarde tinha ligado para cinco lugares, tinha entrevistas em duas delas na próxima semana e nas outras três deixou o seu número porque a pessoa com a qual tinha de falar não se encontrava disponível. Abby perguntou-se se realmente estariam ocupadas ou se o pai tinha alguma coisa a ver com isso.

Ao pensar no seu futuro, Abby cogitou no sonho de trabalhar por conta própria. Quanto mais pensava nisso, mais a ideia a atraía, até que voltou a sentar-se diante do computador para verificar a sua conta bancária e comprovar quanto capital poderia investir num negócio próprio. Em menos de uma hora tinha uma tabela de números e sentia-se mais animada, embora fosse necessitar até ao último cêntimo para arrancar.

Telefonou a Quinn para ver se quereria vir com ela trabalhar no seu negócio. Combinaram sair para jantar e falar dessa hipótese. Mais tarde, quando voltou para o apartamento, tinha uma mensagem de Nick na qual lhe dizia que sentia não ter dado com ela e que não poderia telefonar-lhe mais tarde porque os seus anfitriões tinham uma festa preparada e queriam apresentar-lhe umas pessoas.

Eram duas da manhã quando Nick voltou para o quarto do hotel. Tirou o casaco, a gravata e os sapatos. Ligou o telemóvel e telefonou a Abby. Rezando para que ainda não soubesse que a sua empresa era a responsável por terem arruinado o contrato ao pai, esperou. O pulso acelerou-se-lhe ao ouvir a sua voz cansada.

– Desculpa por te telefonar tão tarde, Abby – disse com uma voz pausada.

– Nick! – exclamou ela com alarme. – Santo Deus, são duas da manhã. Estás bem?

– Agora sim – respondeu Nick, aliviado ao comprovar que não sabia nada da sua relação com o assunto Masaryk. – Tinha de ouvir a tua voz. Quem me dera poder atravessar este telefone e apertar-te entre os braços. Não podia esperar até amanhã para falar contigo. Desculpa se te acordei, mas esta chamada era necessária.

– Isto é uma loucura, Nick!

– Não, não é – disse ele sentando-se na cama e apoiando-se na cabeceira com as pernas cruzadas. – Tinha de falar contigo. Diz-me o que tens vestido e o que não.

– Estás louco, Nick! – voltou a exclamar Abby, que parecia divertida. – Tenho uma camisa de dormir de algodão azul muito simples, por cima do joelho e sem mangas. Consegues imaginá-la?

– Acho que fico com a imagem que tenho na cabeça, que corresponde à última vez que te vi na cama – disse, e Abby gemeu. – Continua de pé o programa de sexta-feira às duas da tarde?

– De facto poderia ser antes – respondeu ela com outro tom de voz.

– Estupendo, a que horas? O meu voo de volta é às cinco e meia da manhã de sexta -feira – disse Nick perguntando-se quanto tempo antes poderia estar com ela e fazerem amor. Desejava-a muitíssimo.

– Reserva algum tempo para ti! – exclamou rindo-se. – Tens muito volume de trabalho na quinta-feira?

– Cancelo o maldito trabalho se puderes vir antes – assegurou Nick.

– Não faz falta! Quando tiveres terminado na Califórnia, volta para casa. Diz-me quando queres vir buscar-me – acrescentou com uma voz melosa que despertou de novo o seu desejo.

Nick inspirou profundamente.

– Quero ir agora mesmo. Posso fazê-lo no meu avião privado, sabes?

– Às duas da manhã? Nem penses! Não tens de estar aí amanhã? – perguntou-lhe divertida.

– Posso remediar isso, se vais estar livre.

– Vem buscar-me na sexta-feira ao meio-dia, Nick.

– Fá-lo-ei, mas não quero esperar tanto. Foi uma semana infindável desde que te vi a última vez.

– Despedimo-nos ontem à noite – lembrou ela com ironia. – Estamos a quarta-feira, quinta-feira de madrugada, de facto. Sobreviverás.

– Que mudou para que possas sair mais cedo na sexta-feira? – perguntou-lhe, agradecido por estar tão alegre apesar do fracasso do seu pai. Durante uns instantes, Nick alimentou a esperança de ser capaz de enfrentar bem as dificuldades quando ela descobrisse que estava por detrás do acordo com Masaryk. – Fico contente por poderes vir, seja como for. Hoje tive um dia muito ocupado, mas produtivo. Como foi o teu?

Fez-se um silêncio. Nick deixou passar aproximadamente uns segundos e depois perguntou:

– Abby? Continuas aí?

– Estou aqui, Nick. Perguntaste-me que tal o dia de hoje – Nick escutou um suspiro e soube que não se tratava de boas notícias. – Sucederam muitas coisas. Lembras-te que te disse que tinha recebido uma chamada e tinha algo pendente?

– Sim, lembro-me. Uma chamada no sábado à noite – respondeu ele com cautela e o ânimo algo baixo. Achava ter a certeza do que se ia seguir.

Evidentemente Abby ia contar-lhe da venda do pai, mas por enquanto estava a falar do seu próprio trabalho.

– Tinha pendente um acordo multimilionário que ia ser assinado na quarta-feira e que acabou por se cancelar.

Nick sentiu que algo no seu estômago se contraía e ficou tenso.

– O acordo era teu, Abby? – perguntou.

– Sim. Um dos vendedores, o Quinn Nash, trabalhou nele comigo. Andávamos há oito meses às voltas com este assunto, Nick, desde o princípio do ano. Oito meses. Alguém, uma empresa chamada Centennial Brokerage, apareceu no fim-de-semana passado enquanto eu estava contigo e mostrou-lhes uns terrenos de que eles gostaram mais.

A venda era da Abby, não do pai!

Perturbado, tratou de concentrar-se no que Abby lhe estava a dizer.

Tinha prejudicado Abby! Nunca fora essa a sua intenção, nunca imaginou que aquela pudesse ser uma venda dela e que o velho se mantivesse à margem de uma operação tão importante.

O frio encharcava-o até aos ossos. Aquilo não era absolutamente nada do que ele queria. Como pudera Noah não saber que Gavin não estava por trás? Porque é que Abby não lhe tinha dito nada da sua venda? Nick teria abortado a operação sem hesitar.

– Nick, estás aí?

– Lamento, ouvia-se mal – respondeu. – Abby,

não imaginas quanto lamento que tenhas perdido uma operação tão importante.

– Já somos dois. Eu nem sequer conheço essa empresa, a tal da Centennial. Nunca tinha ouvido falar dela.

– Fundou-se em Dallas em Fevereiro – disse Nick com tensão. Sabia que aquele era o momento da verdade. Podia dizer-lhe agora que a Centennial Brokerage era uma empresa sua. Mas não queria fazê-lo por telefone. Para Abby seria do mais fácil desligar-lhe o telefone e não voltar a ouvir falar dele nunca mais. E queria passar o fim-de-semana com ela. Abby não tinha ideia nenhuma que a Centennial fosse sua e que ele lhe tinha roubado o acordo multimilionário. Andava há oito meses a trabalhar nele! Nick sentiu uma opressão no peito e passou do frio ao calor. Tratou de concentrar-se mais uma vez no que ela lhe estava dizer.

– A empresa de Masaryk já tinha pago um sinal de reserva e tudo e perderam-no, mas vieram atrás no acordo e compraram outros terrenos.

– Maldição! – Nick franziu a testa e olhou ao redor sem ver nada enquanto pensava no que tinha feito. Tinha provocado um dano irreparável a Abby ao arruinar-lhe a que sem dúvida era a venda mais importante da sua vida.

– Era esse o acordo mais importante que fizeste?

– Ou que não fiz – corrigiu Abby. – Céus, sim! Tratava-se de uma transacção multimilionária.

Nick estava angustiado pelo que tinha feito. No final teria sido o pai a ficar com o prestígio e uma enorme quantidade de dinheiro, mas Abby teria cobrado uma fabulosa comissão. E tinha-a perdido por culpa sua.

– Procurarei que o fim-de-semana seja ainda melhor – disse mal-humorado pensando em que presente poderia dar-lhe para a animar.

– Estou a recuperar do susto e a pensar no que vou fazer. Nick, o meu pai despediu-me a mim e ao vendedor que trabalhou comigo nisto.

– O que disseste que ele fez? – aterrorizado, Nick experimentou outra onda de fúria para com Gavin. Mas engoliu o que pensava daquele ingrato porque, afinal, aquele homem continuava a ser o pai de Abby.

– Nick, podemos continuar a falar disto quando nos virmos? O telefone não é o melhor meio para mantermos esta conversa.

– Tens razão. Preciso de falar contigo – disse ele, aterrado perante a ideia de ter de lhe confessar a verdade. – Tenho imensas saudades tuas – assegurou.

– Eu também – respondeu Abby docemente, com a voz cálida. – Quando chegares, beijemo-nos durante uma hora.

Nick desejava-a mais do que nunca.

– É uma promessa – respondeu com aquele tom rouco que lhe saía quando estava excitado. – Querida, nem podes imaginar quanto te desejo. Quero apertar-te entre os meus braços. Ter-te na minha cama. Vejo-te na sexta-feira, mas ainda falta muito. Ainda posso meter-me no meu avião e partir agora mesmo. Só chegaria de manhã, mas quero fazê-lo.

– Nick, de facto já é quinta-feira de manhã. Vejo-te dentro de pouco mais de vinte e quatro horas. Vem quando estava planeado.

– O que vais fazer hoje?

– Fazer planos. Mas não mudes os teus. Vemo-nos na sexta-feira.

– Vou para casa esta noite. Que te parece se te for buscar na sexta-feira por volta das dez da manhã?

– Claro, Nick – Abby parecia divertida. – Vemo-nos na sexta-feira.

– Estou desejoso de que chegue esse momento. Tchau, querida. Desejo-te muito. E Abby, sinto muito que tenhas perdido essa venda – disse-lhe com sinceridade. – Odeio ver-te triste.

– Obrigada. Tchau, Nick. Doces e sensuais sonhos – sussurrou ela, e Nick gemeu enquanto desligavam.

Pensou em beijá-la e voltou a gemer. E depois pensou no acordo de Masaryk.

– Maldição! – berrou. Teria de admitir a verdade naquele fim-de-semana, e Abby ia odiá-lo por isso. Passou os dedos pelo cabelo. A relação entre ambos terminaria com toda a probabilidade quando ela descobrisse que era a sua empresa que lhe tinha arruinado a venda, mas agora seria cem vezes pior. Andou de um lado para o outro, tentando encontrar uma saída para o seu problema.

Nick terminou o trabalho na Califórnia, mas era quase meia-noite quando chegou a casa, a Dallas.

Na sexta-feira de manhã, antes de amanhecer, levantou-se após uma noite na qual não tinha pregado olho. Enquanto se vestia, ouviu as notícias na televisão para se informar se a venda já se tinha tornado pública, mas não ouviu nada a esse respeito. A caminho do escritório, fez o seu motorista deter-se num quiosque para comprar todos os jornais de Dallas. Nick colocou-os sobre o assento da limusina e folheou-os rapidamente, à procura de notícias.

Assim que a florista habitual abriu as portas, telefonou e encomendou um ramo de seis dúzias de gerbérias para enviá-las a Abby. Sabia que os presentes nunca compensariam a dor que estava a ponto de infligir-lhe, mas queria que tivesse presentes seus para que soubesse que lhe importava. Talvez no futuro se apercebesse que se tinha visto apanhada no fogo cruzado entre dois homens que procuravam vingança. Nick perguntou-se que poderia levar-lhe que fosse realmente único e finalmente entrou uma joalharia para lhe comprar um jarrão de cristal de Waterford. Mandou que o embrulhassem para presente e lho enviassem.

Depois passou outra meia hora a tentar encontrar algo mais pessoal para ela. Voltou ao escritório e acabava de sentar-se à secretária quando apareceu Noah vestido com um fato cinzento antracite, com aspecto de sentir-se o dono do mundo.

– Preparado para o teu grande fim-de-semana? – perguntou-lhe o irmão fechando a porta do escritório. O cabelo escuro de Noah estava desgrenhado pelo vento. Tinha um aspecto triunfal.

– Cometemos um erro, Noah – confessou-lhe Nick de chofre. – Não foi ao Gavin Taylor que arrebatámos a venda.

– Claro que foi! – Noah franziu a testa, abriu o casaco, pondo as mãos na cintura enquanto o olhava fixamente. – Sei que a primeira oferta que chegou à Masaryk foi feita pela Propriedades Taylor – assegurou. – Falei com eles e mencionaram o Quinn Nash e a Abby. Sei que conheciam o Gavin porque falaram dele. A verdade é que não falámos muito do acordo prévio que tinham. A mim não me importou puxar o assunto porque estavam interessados e tinham curiosidade em saber o que tínhamos para eles. Não entrámos em detalhes a respeito do acordo que tinham pendente. Fiquei assombrado quando se interessaram pela nossa oferta e assinaram o acordo. Mal mencionámos os Taylor.

– Suponho que não. Bem, pois não era o Gavin que dirigia a venda. Confundimos os Taylor. Era o acordo da Abby.

– Abby! Bolas! – exclamou Noah franzindo a testa. – Bom, de acordo, era da Abby. Importa muito isso?

– Caramba, sim! Não queria fazer-lhe mal a ela.

– É filha dele. Seduziste-a para te vingares, lembras-te? – Noah voltou a franzir a testa e inclinou a cabeça enquanto observava o irmão. – O que é que se está a passar aqui? Querias seduzi-la para o atirar à cara do Gavin, e sabias que isso a magoaria.

– Não. Fi-lo para me vingar do Gavin. Ela era só um meio.

– E isso significa que não sairia ferida? Nick! Não te estarás a envolver a sério com ela, pois não? – perguntou-lhe Noah franzindo ainda mais a testa.

– Com certeza que não. Só que não quero magoá-la. Isto estava destinado ao Gavin, não a ela.

– Não me enganes. Estás apanhadinho. Não importa de quem fosse a venda, era um acordo das Propriedades Taylor, e o dinheiro é o bem mais prezado do Gavin Taylor. Além disso, ele despreza-te – Noah passou os dedos pelo cabelo. – Então, quando vais confessar-lhe o que fizeste? Ou não vais voltar a vê-la?

– Vais passar este fim-de-semana comigo em Colorado.

– Nick, essa parte não é necessária para a vingança. Mas com certeza que a miúda é um bombom, portanto não te culpo. Força. Desfruta do teu fim-de-semana.

– Vou ter de lhe dizer.

– És o meu irmão mais velho e deste-me conselhos durante toda a vida – Noah aproximou-se da sua secretária e voltou a colocar as mãos na cintura. – Agora deixa que te dê eu um: não lhe contes. Gostas de estar com ela e queres continuar a vê-la, pelo menos durante este fim-de-semana. Acabará por saber quem lhe roubou o cliente porque já é do domínio público e é só um erro temporário que ainda não seja público que foram as Empresas Colton que fizeram o trato. A gente da Masaryk sabia que se tratava da Colton, mas guardaram silêncio pelos seus próprios motivos. Agora sei que a intenção deles era soltar a notícia na segunda-feira em Illinois. Graças a isso a notícia ainda não correu por toda Dallas.

– Isso joga a nosso favor. Se a imprensa tivesse coberto a notícia desde o princípio, teriam sido mais reticentes a chegar-se atrás no compromisso anterior – raciocinou Nick.

– Pois é. Eles foram os que mantiveram silêncio.

– Ouvi as notícias e li os jornais esta manhã e ainda não se sabe nada – disse Nick.

– Mas muito em breve andará na boca do povo. Desfruta da vida enquanto puderes. Não vais ganhar nada em dizer-lhe, pelo contrário, perdê-la-ás antes.

– Vou perdê-la de qualquer maneira, não lhe contar é um engano – respondeu Nick mal-humorado.

– Estás a lidar com isto muito mal. De certeza que não estás muito envolvido? Estás apaixonado?

– Ora bolas, não! – exclamou Nick. – Mas não era minha intenção fazer-lhe isto.

– Vais perdê-la muito antes se não seguires o meu conselho. Não contes. Fecha a boca e desfruta do teu fim-de-semana. De qualquer forma, não tens futuro com ela.

– Considerarei o teu conselho – disse Nick pensando em Abby e esquecendo-se de Noah.

– Para seres alguém que acaba de conseguir a vingança pela que lutou durante anos, já para não mencionar a grande quantidade de dinheiro que ganhaste, não pareces muito contente, Nick.

– Não queria prejudicar a Abby.

Noah ficou a olhar para ele, e Nick devolveu-lhe o olhar. Finalmente, Noah encolheu os ombros.

– Que tal correram as coisas em Los Angeles?

– Acho que deveríamos vender as propriedades que temos lá. Com o actual preço de mercado, obteríamos um preço satisfatório. Não vale a pena investir dinheiro para arranjar esses edifícios tão antigos. Vou redigir um relatório.

Noah assentiu.

– Tenho de ir-me embora. Suponho que nos vemos na segunda-feira. Telefona-me se necessitares.

– Obrigado, Noah.

– E lembra-te do que te disse. Mantém a boca fechada.

Nick assentiu e disse-lhe adeus com a mão. Quando a porta se fechou atrás de Noah, abriu uma gaveta e tirou uma caixa preta, outro dos presentes que tinha comprado para Abby. Consultou o relógio e pôs-se de pé. Tinha chegado o momento de sair. Sentiu uma onda de emoção. Confiava esquecer-se do resto do mundo e passar o fim-de-semana com ela em paz.

Odiava a ideia de perdê-la, mas sabia que era inevitável. E sabia que tinha de lhe contar. Abby ia saber a verdade muito em breve. Exalando um suspiro, pegou no presente e enfiou-o no bolso do casaco de desporto antes de se dirigir para a porta.

Quando tocou à porta e esperou, a sua emoção cresceu gradualmente. A porta abriu-se e o coração deu-lhe uma reviravolta. Abby tinha vestido uma camisa de seda verde-esmeralda com calças a condizer. Levava o cabelo apanhado com um lenço a condizer. A blusa não tinha mangas e estava desabotoada o suficiente para revelar as suas sensuais curvas.

Nick olhou-a. Os seus olhos verdes expediam faíscas e revelavam um desejo evidente.

– Entra, Nick – disse-lhe, muito séria e com a voz rouca.

Capítulo Sete

Nick sentiu a pulsação acelerar. Aí, o seu olhar prendeu-se ao dela e entre eles surgiram faíscas.

Abby recuou, Nick entrou e fechou a porta atrás de si enquanto ela o abraçava. A boca de Nick cobriu a dela com ferocidade e beijou-a apaixonadamente, consumido pelo desejo.

Abby empurrou as ancas contra ele e gemeu suavemente, deixando-o louco. Deslizou os dedos rapidamente pela fila de botões. Abriu-lhe a blusa, desabotoou-lhe o sutiã de renda e cobriu um dos seus seios suaves e grandes. Fez círculos com o polegar sobre o seu mamilo e os gemidos dela aumentaram o seu prazer. Enquanto a acariciava, Abby desapertou as calças e abriu-lhe a camisa, deslizando os dedos pela mata de penugem do seu tronco antes de descer a mão até ao ventre. Queria possuí-la num instante, ali mesmo, mas fez um esforço por controlar o seu desejo.

Abby afastou-se ligeiramente para abrir o cinto e retirar-lhe as calças.

– Passou uma eternidade, Nick – gemeu. – Tenho contado os minutos para voltar a ter-te entre os meus braços.

– Ah, querida… Como gosto de te ouvir dizer isso – sussurrou ele.

Abby despiu a camisa e as calças. Nick devorou-a com o olhar.

– Nick, o meu quarto…

Ele beijou-a, não a deixando continuar, enquanto tirava um preservativo do bolso das calças. Pegou-lhe ao colo e levou-a até ao quarto. Uma vez ali, deixou-a na cama, deleitando-se nas suas suaves curvas. Desejava abraçá-la para sempre. Enquanto a beijava, ela acariciou-lhe o cabelo. Nick abriu-lhe as longas pernas e ajoelhou-se perante elas, detendo-se para colocar o preservativo enquanto a olhava. Abby tinha o cabelo selvagem, solto sobre os pálidos ombros, os olhos verdes brilhantes de desejo.

Abby ergueu-se para o agarrar e acariciar até que ele voltou a deitá-la, colocou-se em cima dela e penetrou-a muito devagar, mantendo o controlo enquanto ela enredava as pernas e os braços ao redor do seu corpo e o abraçava com força.

Abby revolveu-se debaixo dele, arqueando as ancas, movendo-se mais depressa com ele.

– Nick! Nick, desejo-te! – gritou deslizando as mãos pela costas e rabo dele. Nick soube que ia perder o controlo muito em breve. Abby alcançou o clímax e arqueou as costas. Ele estava envolvido na sua suavidade quando a penetrou e também chegou ao orgasmo. Estremeceu.

– Abby, querida! – gritou.

Depois retirou o seu peso de cima dela. Cobriu-lhe o rosto de beijos suaves e ergueu-se para olhá-la nos olhos. Não queria admitir o que tinha feito. Ainda não. Abby tinha uma expressão de radiante felicidade; o cálido olhar que lhe dirigiu fê-lo manter o silêncio. Acariciou-a com doçura.

Abby era fantástica, sensual e excitante. Não queria deixar de vê-la, nunca tinha sido intenção sua fazer-lhe mal. Talvez Noah tivesse razão e devesse deixar que o tempo prosseguisse o seu curso.

– Tive saudades tuas, Abby. Ainda estás mais bonita do que antes – sussurrou.

– Nick, estou tão contente por estares aqui! Estes últimos dias foram uma eternidade.

– Para mim também. Quero ir-me embora daqui contigo, onde não nos possam interromper. O meu avião espera-nos.

– Não nos podemos fechar lá e ignorar o resto do mundo – comentou Abby, e Nick não soube se falava a sério ou não, mas queria tê-la em Colorado, longe da imprensa.

– Vamos. Tomamos um duche rápido e subimos para o avião.

– Se tomarmos duche os dois, nunca mais saímos daqui – disse ela com os olhos brilhantes.

– Não te preocupes, disso trato eu.

Nick pôs-se de pé e levou-a ao colo até à casa de banho. Tomaram duche sensualmente, mas ele manteve a sua palavra e secou-a enquanto Abby o secava a ele. Estavam prontos para partir.

Vestido com um casaco desportivo, calças castanhas escuras e camisa bege aberta até ao pescoço, Nick estava mais bonito do que nunca. Abby percebeu então de quanto tinha sentido a sua falta. Enquanto procurava a blusa, levantou o olhar e apanhou-o a olhar para ela.

– Não pares por minha causa – sussurrou Nick.

– Estás à espera que te ignore? – perguntou-lhe com um sorriso.

– É a mim que me custa resistir a tocar-te.

Abby vestiu a blusa e saiu do quarto.

– Só um minuto, Nick – disse. Ele foi atrás dela. No salão, em cima da mesa, estava o jarrão de cristal de Waterford que lhe tinha enviado. Abby agarrou-o, deu meia volta e olhou para ele.

– É fabuloso, Nick! Excelente – assegurou sorrindo, antes de deixar o jarrão sobre a mesa e correr a beijá-lo.

Nick acabou por se afastar.

– Continuaremos com isto em Colorado – afirmou com voz rouca. – Mas temos de ir agora.

– Adoro o meu presente, Nick.

– Fico contente, queria animar-te um pouco, embora não pareças estar muito triste por causa do trabalho.

– Não serviria de nada.

– Vamos – disse ele dando-lhe a mão. – Onde está a tua mala?

– À porta. Deixei-a lá.

– Não a vi – confessou Nick abraçando-a. – Ao abrir a porta, o único que vi foste tu. Ah, Abby, como tive saudades tuas…

A viagem para Colorado foi curta e Nick tinha um Jaguar que os esperava em Denver, tão elegante e bem equipado como o carro desportivo que tinha em Dallas. Conduziu para noroeste, para as montanhas, até que chegaram a uma estrada estreita. A vista era espectacular.

– Ninguém nos vai incomodar este fim-de-semana – assegurou Nick entrelaçando os dedos com os dela.

– Isto é maravilhoso! – exclamou ela virando-se para olhar para os picos nevados, mesmo sendo Agosto. Finalmente viraram. Mais adiante, construída na ladeira da montanha, havia uma mansão palaciana.

– É para lá que vamos – indicou Nick.

– Parece um clube de campo, Nick, fica mesmo muito isolado.

– O isolamento é parte da sua beleza. Lá teremos paz e tranquilidade.

– Vejo outras casas, entre as árvores – disse Abby assinalando outra colina. De uma delas, saía fumo pela chaminé.

– Os meus melhores amigos vivem perto. Talvez nos encontremos com eles no domingo à tarde. Convidarei o Ryan e a mulher, a Ashley, para jantarem connosco. Não acho que o Jake esteja por cá. Já te falei deles. São os meus melhores amigos; juntos construímos uma casa aqui para nos escaparmos de vez em quando. Às vezes gostamos de nos reunir, mas tu e eu não vamos ver ninguém até domingo.

– Tens planos? – perguntou Abby sentindo como crescia nela o desejo de voltar a fazer amor.

Nick dirigiu-lhe um olhar ardente. Esticou a mão para lhe acariciar a nuca, permitindo que a sua mão deslizasse para lhe acariciar muito suavemente um mamilo.

– Estás a conduzir na montanha – advertiu Abby agarrando-lhe o pulso e colocando-lhe a mão na coxa. – Concentra-te na estrada.

Demoraram meia hora antes de atravessarem finalmente os abetos e os álamos, até chegarem a uma clareira. O sol brilhava sobre o telhado da mansão de quatro andares.

– Nick, isto é um hotel, ou um castelo! Pensei que ia encontrar uma cabaninha rústica.

– Não, obrigado. Já tive bastante rusticidade quando era menino.

– Vou-me perder neste palácio tão gigantesco – assegurou Abby olhando para as duas casas construídas, suficientemente grandes para serem cada uma delas uma casa independente.

– Eu gosto de ter quartos suficientes para ter todas as coisas de que gosto. Aqui realizei grandes festas e muitos convidados ficaram alojados durante vários dias. Já te faço uma visita guiada.

Abby seguiu Nick enquanto ele levava as malas para a suite principal, que ficava no segundo andar e ocupava a mesma área que todo o seu apartamento.

– Parece que gostas dos espaços grandes, Nick.

– Pois gosto. Cresci em espaços acanhados, partilhando sempre o quarto com o meu irmão. Quero espaço, luxo e comodidades, agora que os posso ter.

Abby atravessou umas portas de vidro até uma varanda da qual se podia apreciar uma espectacular vista das montanhas. O ar frio e cortante soprou sobre ela. Observou os picos nevados e as folhas de álamo que brilhavam nas ladeiras sob a luz do sol. Um riacho passava pela propriedade, perto da casa, e Abby pôde ver uma ponte de madeira curvada sobre as borbulhantes e claras águas.

– Nick, isto é absolutamente magnífico!

– Pois é – murmurou em voz baixa enquanto se virava para ver, apoiado no umbral da porta. Tinha vestido umas calças de ganga, uma camisa azul escura e mocassins, estava mais sensual do que nunca. Umas farripas de cabelo preto caíam-lhe sobre a larga testa. Aproximou-se de Abby e pôs-lhe as mãos nos ombros.

– É maravilhoso ter-te aqui – assegurou. – Tive saudades tuas e trouxe-te um presente – acrescentou, tirando uma caixinha do bolso e dando-lha.

Abby agarrou-a, surpreendida, e olhou para ele com um sorriso.

– Já me trouxeste esta manhã um presente lindo. Não faz falta que me cubras de presentes por ter perdido o meu contrato. Já estou a fazer planos novos, Nick.

– Eu sei – assegurou ele com gravidade. – Estou impressionado com a tua força. Admiro-te por isso. Tenho a certeza que eu não teria recuperado tão depressa de uma perda tão grande.

– Sim, claro que sim – assegurou Abby acariciando-lhe a face. – Centrar-te-ias no passo seguinte, sem dúvida. Não terias chegado aonde estás se tivesses permitido que os fracassos te deitassem abaixo.

– Abre o teu presente para que te possa voltar a beijar.

– Podes beijar-me de qualquer forma – disse ela, mas olhou para a caixinha que tinha na mão. – Bom, espera. Vou abri-la primeiro.

Desatou o laço e abriu com cuidado a caixa, tirando a tampa. Dentro, apoiada sobre veludo anil, havia um reluzente pingente com uma esmeralda rodeada de diamantes encastrados numa corrente de ouro.

– Nick! – arquejou Abby olhando-o surpreendida. – É fantástico. Não posso aceitar um presente assim.

– Claro que podes – assegurou ele divertido. – Comprei-o para ti e quero que fiques com ele – tirou-o da caixinha. – Vira-te. Quero que o uses esta noite. Isto e mais nada.

– É demasiado bonito para levar para a cama, Nick!

– Se o puseres para mim, não é – pôs-lhe o colar ao pescoço, cobrindo-lhe a nuca de uns beijos que a fizeram estremecer. Virou-se para ele e roçou suavemente o pingente com os dedos.

– É a jóia mais bonita que vi na minha vida, Nick.

– Quero que fiques com ela e que desfrutes dela – assegurou ele. – Quando vi as esmeraldas pensei nos teus olhos verdes.

Abby lançou-lhe os braços ao pescoço, pôs-se em bicos de pés e beijou-o. A conversa foi interrompida horas mais tarde, quando estavam a jantar a lagosta que Nick tinha preparado.

– És um bom cozinheiro, tens muitas qualidades – assegurou Abby fechando os olhos enquanto mastigava e saboreava a deliciosa lagosta.

– Obrigado, alivia-me ver que a tua opinião sobre mim mudou.

– Com certeza que sim – disse ela com ardor. – Disse ao meu pai onde estive no fim-de-semana passado.

Nick pousou o garfo na mesa e olhou para ela.

– E…?

– Também lhe disse que ia para fora contigo este fim-de-semana – acrescentou, apercebendo-se que agora tinha toda a atenção de Nick, que tinha parado de comer. – Fez-me um ultimato. Disse que se viesse contigo, não voltasse. Não só fiquei sem trabalho, mas também me deserdou e expulsou da sua vida.

– Deserdou a sua própria filha? – Nick levantou-se da cadeira e apertou os punhos.

– Aonde vais? – surpreendida por aquela reacção, Abby viu-o circundar a mesa. Aproximou-se dela num instante. Apertou-a entre os seus braços e beijou-a com força. Comovida perante tão intensa reacção às suas notícias, ficou paralisada um instante e depois abraçou-o e beijou-o. De repente, ele soltou-a bruscamente e cravou os olhos escuros nos seus.

– Abby, juro-te que nunca te quis fazer mal ao levar-te comigo no fim-de-semana passado! Digo-te isto do fundo do coração – assegurou Nick com solenidade. – Nunca foi minha intenção prejudicar-te.

– Eu sei – replicou Abby. – Nick, não podias saber, quando me pediste que fosse contigo ao iate, que o meu pai ia tomar uma decisão tão drástica. Eu nunca pensei que ele chegaria tão longe, e isso que eu vivi toda a minha vida com ele. Não te culpes pelo ocorrido.

– Gostaria de poder mudar algumas coisas do passado, mas não o tempo que passámos juntos – assegurou Nick com a preocupação reflectida nos olhos.

– Estás a preocupar-te demasiado com este assunto. O meu pai não pode controlar quem eu vejo – disse Abby. – Se permitisse que fosse avante com as suas teimas, teria dominado tudo como se eu continuasse a ser uma menina. Não te preocupes. Foi decisão minha. Não me arrependo de ter ido contigo.

Nick abanou a cabeça e agarrou-lhe suavemente o rosto com as mãos.

– Ouve-me – disse-lhe com voz áspera. – Prometo que nunca te quis fazer mal, em nenhum sentido. O problema foi sempre com o teu pai, nunca contigo.

– Sim, eu sei, Nick – tranquilizou-o Abby, surpreendida pela profundidade da sua reacção e perguntando-se porque pensava ele ser culpado dos seus problemas com o pai. Tinha a sensação de que havia algo mais que incomodava Nick, mas não sabia de que se tratava. Mesmo que talvez pudesse imaginar.

– Senta-te e come, Nick. Este jantar está demasiado delicioso para ser desperdiçado, e eu estou faminta. Não te preocupes.

Para sua surpresa, ele não respondeu com o galanteio habitual, mas voltou a sentar-se num gesto sombrio.

– Ele estava a falar a sério quando te disse que não voltasses ao trabalho?

– Oh, sim. O meu pai não brinca quando se trata de trabalho ou de dinheiro. Estava furioso com a perda da venda e, quando lhe disse que estava contigo, acho que perdeu os estribos, mas o que o enfurece verdadeiramente é ter perdido o dinheiro do acordo. Também despediu o meu colega Quinn Nash.

– Vem trabalhar comigo.

Abby riu-se e esticou o braço para lhe dar uma palmadinha na mão.

– Isso é muito bonito da tua parte, Nick. Obrigada. Tenho pensado no assunto e acho que me podes ajudar porque tens muita experiência. Já te disse que o que queria era estabelecer-me, um dia destes, por conta própria. Bom, acho que este seria o melhor momento para o fazer se tudo correr bem. O problema é que não economizei muito e o meu pai tentará deixar-me sem fundos. No entanto, acho que ele não pode tocar no que o meu avô me deixou. Talvez depois do jantar, ou amanhã, ou nalgum outro momento do fim-de-semana, me possas ajudar a ver o que me faria falta. Fundaste a tua própria empresa.

– Tens a certeza que não queres trabalhar na minha? – quis saber. E a pergunta ficou a flutuar entre eles durante uns instantes. O olhar de Nick era inescrutável, e Abby não soube se ele realmente queria que o fizesse ou não, mas a ela não lhe parecia a melhor ideia. Negou com a cabeça.

– O meu sonho é ter o meu próprio negócio. É certo que o papá me vai dar muitas dores de cabeça e tentará boicotar-me.

Nick soltou um palavrão.

– Como pode ele fazer-te isto? Os meus pais brigavam entre eles, mas nunca nos trataram mal a nós.

– O meu pai tem muito mau feitio e não gosta de perder dinheiro. Aprendi desde muito pequena que o dinheiro é a coisa mais importante no mundo para ele. A minha mãe sabia-o, e desfrutava do seu dinheiro. Para mim não é uma prioridade na vida. São mais importantes as pessoas de quem gosto. O meu pai não gosta de ser contrariado, e durante anos eu não o fiz. Mas finalmente acabei por perceber que sou eu quem tem de decidir para onde levo a minha vida.

Nick esticou o braço para lhe agarrar a mão.

– Abby – disse em voz baixa olhando-a fixamente. – Esse contrato que perdeste... – deteve-se e ela esperou.

– Nick, deixa de te preocupar com isso. Haverá outras vendas, outras propriedades e outros clientes. Conseguirei recuperar-me desta, o meu pai também, todos ficaremos bem. Eu escolhi estar aqui no fim-de-semana contigo.

– Causei-te dor e muitos problemas – afirmou ele com solenidade apertando as mandíbulas.

– Janta, Nick – urgiu Abby retirando a mão. – Depois de acabarmos de jantar estas lagostas, podes ajudar-me a fazer planos para o meu futuro. Vamos esquecer o passado – sorriu-lhe e provou outro bocado do seu prato. – É um jantar fabuloso e tenho um colar de diamantes e esmeraldas espectacular e um especialista que me vai ajudar a planear o meu futuro. Quero beijar-te dos pés à cabeça, muito devagar, pelas costas e pelas pernas, até onde me levar... – disse com doçura.

– Se queres terminar a lagosta, será melhor que não me tentes assim. Não quero esperar.

A rir, Abby agarrou-lhe no pulso ao ver que se punha de pé.

– Senta-te e termina de jantar! – exclamou. – Fica aqui quieto, vamos acabar de comer e depois faremos mais alguma coisa. Eu vou terminar a minha lagosta.

Abby sorriu e Nick observou-a fixamente. Tinha deixado de comer. Abby sentiu um arrepio de emoção, porque sabia que estava a pensar em fazer amor. Agarrou outro pedaço de lagosta mas num instante voltou a deixá-lo. Queria sentir os braços de Nick à volta dela.

Ao amanhecer, Nick abraçou Abby com força enquanto ela dormia. Olhou através das portas de vidro da sua varanda e viu que ainda havia estrelas a refulgir no céu. Esteve a ponto de se confessar perante Abby pelo menos três vezes durante a noite, mas não lhe saíam as palavras. Sabia que tinha de lho dizer. Não podia deixar que lhe falasse daquela venda sem mencionar que tinha sido a sua empresa que lha tinha arrebatado.

Estava assombrado com a forma lúcida como ela estava a lidar com aquela inesperada situação. Tinha-se libertado daquela carga como se fosse algo do passado e já estava a planear o futuro. A sua capacidade de adaptação admirava-o. Ele não teria sido capaz de se repor tão depressa. O que fazia com que o seu engano fosse mais abjecto.

Ao olhá-la, brincou com uma das suas madeixas avermelhada e sedosa entre os dedos. Estava toda enrolada de lado, com uma das suas compridas e bem torneadas pernas montada em cima das dele. Despida era de uma beleza avassaladora. O colar de esmeraldas e diamantes dependurava sobre o seu pálido e delicado pescoço.

Assim que admitisse o que tinha feito, perdê-la-ia, e ainda tinha um longo fim-de-semana pela frente, ou talvez mais tempo, porque ela não tinha a pressão de retornar a Dallas por trabalho. Queria tê-la ali, queria viver aquele idílio. Não o sabotaria antes de tempo. Confessaria tudo mesmo antes de voltarem para casa, ou quando chegassem a Dallas.

Talvez Abby o odiasse ainda mais por não lho ter contado durante o fim-de-semana, mas em qualquer caso ia perdê-la. Não estava acostumado a que as mulheres o deixassem, e muito menos aquelas de quem ele gostava; a ideia parecia-lhe perturbadora. Mas sabia que era inevitável, esquecê-la-ia tal como tinha esquecido outras. As mulheres nunca duravam muito com ele, e esta não ia ser uma excepção. A relação com Abby ia terminar por sua culpa muito antes do que ele gostaria. Nick maldisse entre dentes e acariciou suavemente a face dela, desejando que nunca tivesse de a informar de quem estava por detrás daquele acordo. Não suportava a ideia de a perder. Excitava-o mais do que qualquer outra mulher que tivesse conhecido. Ao pensar em voltar a fazer amor com ela e deslizar a vista livremente pelo seu corpo, voltou a excitar-se. Abby era capaz de lhe provocar isso mesmo a dormir e sem nenhum esforço. Tentaria convencê-la a ficar toda a semana com ele em Colorado. Estavam completamente isolados à excepção dos seus amigos, portanto as notícias sobre a venda não chegariam até ali.

Nick pensou que devia em algum momento ligar ao seu amigo Ryan quando Abby não o visse e dizer-lhe que, caso soubesse algo a respeito do contrato Masaryk, evitasse puxar o assunto, e que avisasse também Jake. Não achava que Jake e Emily estivessem ali. Convidaria Ryan e Ashley para jantar numa das noites do fim-de-semana e apresentá-los-ia a Abby.

Nick deslizou suavemente os dedos pelos seios de Abby. Ela suspirou e esticou-se. Deveria deixá-la dormir, mas desejava-a. Morria por sentir os seus beijos, e estava doido para fazer amor com ela. Inclinou-se e cobriu de beijos suaves as suas excelentes curvas enquanto lhe retirava o lençol para destapar-lhe os seios. Os seus beijos seguiram a direcção do lençol, deslizando para baixo, até lhe beijar um dos mamilos. Ela voltou a esticar-se e gemeu, passou-lhe os dedos pelo cabelo e virou-lhe a cabeça para o beijar. Nick colocou-se em cima dela, mantendo o seu próprio peso com os braços enquanto a beijava ferozmente. Desejava-a mais ainda do que da primeira vez que tinham feito amor. E soube que não lhe diria nada enquanto o pudesse evitar.

No domingo à noite, Abby vestiu umas calças brancas, camisa branca e sandálias de salto alto, e estava só uns centímetros abaixo de Nick quando saiu da casa de banho. Ele deslizou o olhar devagar por ela. Aproximou-se dela e Abby observou-o com a mesma parcimónia.

Vestido com calças de algodão, camisa preta e mocassins castanhos, estava incrivelmente atraente e Abby estremeceu. Desejava que o serão terminasse para voltar a estar novamente entre os braços de Nick.

Levantou a vista para os seus olhos escuros, que transbordavam de desejo, e soube que se estava a apaixonar por ele. Continuava a ser o inimigo do seu pai, mas o seu pai tinha-a renegado, portanto, por que motivo deveria ela preocupar-se com o que o pai pensava? Concluiu que se tinha libertado daquela preocupação. Era livre para amar Nick que tinha admitido nunca se poder comprometer de forma permanente, nem mesmo se, nalgum momento, correspondesse ao seu amor.

– Num princípio – disse rodeando o pescoço de Nick com os seus braços e sorrindo-lhe, – considerava-te um inimigo da família, mas era por causa do meu pai. Agora que me expulsou da vida dele, não tenho que me preocupar por estar contigo – assegurou com tom sedutor.

Então viu como as feições de Nick se cobriam de uma expressão inescrutável e algo despertava no fundo dos seus olhos. Abby questionou em que estaria ele a pensar, porque a sua afirmação tinha provocado nele uma reacção diferente à que esperava. Perguntou-se se Nick não estaria reticente inclusive quanto a um compromisso de curto prazo.

– Deveríamos ser amigos, Abby – declarou com solenidade.

– Já somos – respondeu ela a sorrir. – Se arrancar com o meu próprio negócio, poderias eliminar-me do mapa com facilidade.

– Prometo-te que não farei nada semelhante.

– Espero que mantenhas a tua palavra. Caso contrário, terei de mudar de estratégia e mostrar-me desconfiada contigo.

– O Ryan e a Ashley vão adorar-te – disse Nick mudando bruscamente de assunto. Abby ficou surpreendida mais uma vez pela reacção dele.

– Será melhor ir-me pentear. Vão chegar antes que esteja pronta – aproximou-se da cómoda para tirar uma escova da gaveta e depois deu um passo atrás para se ver ao espelho. Nick aproximou-se por trás e tirou-lhe a escova para lhe escovar suavemente o cabelo.

– És linda – disse com voz rouca. – Já to tinha dito alguma vez?

– Nunca são suficientes – assegurou ela sorrindo e cruzando-se com o seu escuro olhar no reflexo do espelho.

– Já não tens de voltar ao trabalho. Fica comigo na semana que vem.

Abby levantou as sobrancelhas e olhou para ele surpreendida.

– Mas tens que ir ao teu escritório, terás entrevistas e...

– Cancelo-as todas se ficares – disse com tom grave. Apertou as mandíbulas e o desejo era uma labareda nos seus olhos.

Abby ponderou o convite e pensou no que tinha de fazer, mesmo sabendo que tudo podia esperar. Mas se continuava a passar tanto tempo com Nick, acabaria perdidamente apaixonada por ele. E isso seria assim tão mau? A terrível resposta veio-lhe em seguida à cabeça, porque Nick nunca consentiria em casar-se, e se Abby se apaixonava, era isso que quereria fazer. E no entanto, que mal poderia fazer tê-lo ao seu lado? Serviria para criar um laço que talvez o pudesse prender.

Abby assentiu com a cabeça.

– Suponho que poderia ficar.

Os olhos de Nick brilharam de felicidade e inspirou fundo, expandindo o peito.

– Fantástico! – pousou a escova e virou-se para ela para a ter entre os braços e beijá-la.

Deslizou a língua no interior da boca, acariciando a sua, ateando num instante o seu desejo, e Abby lamentou que tivessem companhia naquela noite, mesmo estando contente por ficar uma semana com ele. Agarrou-se a Nick, apertando as ancas contra ele e abraçou-o com força. Ele deslizou a mão por debaixo da blusa de seda e acariciou-lhe um seio, roçando-lhe o mamilo e obrigando-a a gemer enquanto os seus beijos ardiam de paixão.

– Nick! – exclamou finalmente afastando-se e abotoando a roupa. – Olha para mim, estou toda enrugada!

– Desejo-te, Abby – disse-lhe com voz rouca, aproximando-se para a apertar entre os seus braços de novo. – Vem cá – ordenou, beijando-a para calar os seus protestos.

Ela riu-se e pôs-lhe as mãos no peito para o separar de si.

– Temos de parar. Os teus amigos estão a chegar e não os quero deixar à espera.

– É verdade, ora bolas! Estava a pensar dizer ao Ryan para se ir embora cedo.

– Nem penses nisso! Morria de vergonha. Olha para mim! – exclamou Abby entalando de novo a blusa nas calças. – Estou toda enrugada. Tenho de me trocar – começou a desabotoar os botões.

Afastou-se uns centímetros de Nick.

– Mantém as mãos quietas durante uns minutos e deixa-me arranjar-me – disse enquanto ia ao armário buscar outra roupa para vestir. – Disseste que o Ryan trabalhava no sector hoteleiro – comentou procurando um tema menos conflituoso. – A que se dedica o Jake?

– É um mago das finanças. Um multimilionário texano tomou-o sob a sua protecção e ele ajudou-nos a todos. O Jake aconselha-nos magnificamente em questões financeiras. Temos sorte.

– Que bom! Não me estranha que vocês sejam tão bons amigos.

– Sinto-me tão unido a eles como ao Noah, o meu irmão – Nick voltou a agarrar a escova para a pentear. – Gosto de te tocar.

– E eu gosto que o faças, só que agora não acho que seja a coisa mais inteligente a fazer. Tenho de me arranjar porque eles devem estar a chegar.

– Esperamos por ti se te atrasares. Ninguém vai a lado nenhum – Nick inclinou-se para a beijar fugazmente nos lábios. Ouviu-se a campainha e Nick abanou a cabeça.

– Vou abrir-lhes a porta e vemo-nos lá em baixo quando estiveres pronta.

– Estava pronta há vinte minutos, Nick – protestou Abby escovando vigorosamente o cabelo enquanto ele se ia embora com um sorriso.

Em poucos minutos desceu ao luxuoso salão e sorriu ao casal que se virou. Um homem alto de cabelo escuro estava com eles. Quando Abby sorriu e atravessou a sala, Nick aproximou-se para lhe passar o braço pelos ombros.

– Vem conhecer os meus melhores amigos, Abby. Estes são Ashley e Ryan Warner – disse. E Abby cumprimentou uma bonita loira de olhos azuis e o atractivo homem de cabelo escuro que estava ao seu lado. – E este é Jake Thorne. A sua esposa, Emily, não veio, mas o Jake vai passar uns dias aqui. A Ashley e o Ryan têm um bebé.

– Menino ou menina? – perguntou Abby.

– Um menino – respondeu Ryan. – Tem dez meses e ficou com a família da Ashley.

– O meu pai e a minha avó adoram cuidar dele. Vivem na fazenda onde fui criada, quando podem ficar com o Ben uns dias, o meu pai deixa os trabalhos da fazenda e a minha avó dedica-se a adorar o Ben. Ficam todos contentes – assegurou Ashley olhando para Ryan, que lhe devolveu um olhar tão caloroso que Abby ansiou por um instante que Nick a olhasse dessa forma. Era óbvio que Ashley e Ryan estavam loucamente apaixonados. Ele agarrava-a suavemente pela cintura, mas os olhares que trocavam com frequência eram tão claros como se fizessem uma declaração de amor em voz alta.

Nick fez uns filetes de truta na grelha que tinha pescado e congelado numa viagem anterior.

Os homens ficaram de pé a falar enquanto Ashley se sentava com Abby. Numa ocasião, durante o jantar, viu Jake a olhar fixamente o vazio com uma expressão preocupada enquanto Ryan e Nick falavam, e Abby perguntou-se por que não estava a sua esposa com ele.

Mais tarde naquela noite, depois de todos se irem embora, perguntou a Nick sobre o seu amigo. Ele encolheu os ombros.

– Não sei. O Jake disse que ela tinha outros planos e que não tinha vindo com ele a Colorado.

– Parecia preocupado ou triste, Nick. Não o conheço bem para saber qual das duas coisas.

– Eu não me apercebi de outra coisa que não seja uma excitante ruiva – disse aproximando-se dela. Abby tinha começado a apanhar os copos, mas Nick tirou-lhos das mãos e voltou a pô-los sobre a mesa, atraindo-a para os seus braços para a beijar.

Terça-feira de manhã, Abby admirou os picos cobertos de neve e como os falcões voavam em círculos nas correntes de ar. Terminou os morangos e o café no terraço, pensando no momento em que regressaria a Dallas.

– Nick, vamo-nos pôr a trabalhar um momento.

– Claro, querida – Nick arrastou as palavras.

– Fica onde estás. Vou buscar canetas e papel e vamos estudar a situação para ver do que necessito para montar o meu próprio negócio.

Quando voltou, Nick tinha desobstruído a mesa. O ambiente estava fresco e frio e o vento soprava através dos altos pinheiros. Nick tinha as pernas esticadas e olhava para as montanhas. Reclinou-se na cadeira. Tinha vestido umas calças de ganga e uma camisa castanha, e tinha um aspecto saudável e forte. Abby sentiu que a pulsação se acelerava ao vê-lo e pensou no maravilhoso presente que era aquela semana na sua frenética vida. O tempo que passava com Nick era o paraíso. Adorava estar com ele e não queria pensar em trabalho nem em voltar a Dallas, mas aquela era uma boa oportunidade para ter a opinião e os conselhos de Nick.

Ele pôs-se de pé e segurou-lhe a cadeira, acariciando-lhe a nuca enquanto colocava a sua ao lado.

– O que é que queres saber?

– De quanto dinheiro achas que vou precisar e o que devo fazer no princípio.

Enquanto Nick falava, Abby ia escrevendo depressa, apontando o que ele dizia e parando de vez em quando para lhe fazer alguma pergunta. Passaram quase duas horas antes que falassem do assunto das finanças e do apoio de que ela precisaria.

Nick sugeriu-lhe que começasse com um escritório pequeno e assegurou-lhe que de seguida se aperceberia que ia precisar de muito mais dinheiro do que o planeado.

– Não sei se vou conseguir fazê-lo – disse ela esfregando a testa. – E tenho a sensação que o meu pai me vai a causar todos os problemas que puder.

Nick soltou um palavrão e afastou o olhar.

– Vem trabalhar comigo, Abby. Isso solucionaria a maior parte dos teus problemas e manteria o teu pai no lugar dele. Estarias numa posição na qual ele não poderia interferir.

Ela negou com a cabeça.

– Não, Nick, não me vou esconder atrás de ti. Quero vingar por minha conta. E quem sabe? Talvez tu e eu nos zanguemos e aí então não nos vamos querer ver diariamente.

– Achas que vejo todos os dias as pessoas que trabalham comigo? – perguntou Nick com ironia. – Isso não acontece nem com o meu irmão Noah.

– Não. Prefiro trabalhar por minha conta. Tem de haver alguma maneira de o conseguir.

– Se o teu pai é tão vingativo como dizes, vai fechar todos os canais aos que costumas acudir.

– Talvez, mas tenho um bom currículo – Abby inclinou a cabeça para o observar. – A ti vai-te criar mais problemas porque ando envolvida contigo. Vai-te odiar mais do que nunca por causa disto. Já sei que não te importas, mas ele pode ser muito mesquinho. Mesmo que nunca se tenha mostrado violento.

– O teu pai não me preocupa – disse ele no momento em que o seu telemóvel tocava. Tinha de atender a chamada. – Desculpa, Abby.

– Força. Vou buscar mais café – disse para lhe dar privacidade.

Passaram uns minutos e ele apareceu.

– Lamento, mas tenho de fazer umas chamadas.

– Sim, eu compreendo – tranquilizou-o Abby com um sorriso.

Quando ele voltou, Abby estava sentada lá fora, admirando a vista, a fazer uma lista dos contactos com os quais achava que poderia contar apesar do seu pai.

– Lamento, Abby.

– Pára de te desculpar, Nick. Já sei que estás ocupado e não me importa que atendas chamadas, eu faria o mesmo.

– Nenhuma mulher me tinha dito isso nunca. Normalmente odeiam que o faça.

– Eu não sou como as outras mulheres que conheceste – murmurou Abby com tom irritado. Não queria falar de nenhuma outra mulher na sua vida e sentiu uma pontada de ciúmes, algo que nunca tinha experimentado antes. – A mim não me importa. Eu gostaria menos que pusesses a tua vida social à frente dos teus compromissos de trabalho, e surpreender-te-ia saber que a maioria dos homens não pensa assim. Agem como se tivessem a idade do meu pai, não a minha.

– Conheces os homens errados, Abby – disse Nick divertido.

– E tu as mulheres erradas, sem dúvida – respondeu ela com um sorriso.

Nick pôs-se de pé e aproximou-se dela. Abby distinguiu o seu desejo e percebeu que ele estava excitado, e isso excitava-a. Nick atraiu-a para si e beijou-a até que a agarrou em braços para a levar para o quarto, onde a deixou no chão, a deitou entre os seus braços e continuou a beijá-la até que Abby lhe tirou a camisa das calças enquanto Nick tirava a sua pela cabeça.

Tocou o telemóvel de Nick e ela escutou-o vagamente. Quando se deu conta do que era, afastou-se dele.

– Nick...

– Permito que os negócios interrompam a minha vida social, mas não me vão interromper quando estou a ponto de fazer amor com uma mulher fascinante. Isso é muito diferente.

– Atende a chamada – disse Abby a sorrir e a agarrar-lhe as mãos. – Eu vou continuar aqui – disse com doçura afastando-se dele e saindo o mais rápido possível do quarto.

Uns minutos mais tarde, Nick entrou no salão, onde Abby estava sentada no sofá vestida unicamente com a roupa interior de renda. Aproximou-se dela com os olhos brilhantes, acomodou-a entre os seus braços para beijá-la apaixonadamente e a conversa morreu ali.

Capítulo Oito

No dia seguinte ao regresso de Colorado, Nick conduziu até à sede da Colton e parou no escritório de Noah a caminho do seu. O seu irmão tinha tirado o casaco, tinha a gravata solta e as mangas enroladas enquanto revia uns papéis na sua secretária. Quando Nick entrou, pousou a caneta na mesa e reclinou-se na cadeira com um sorriso de orelha a orelha.

– Olá, irmão – cumprimentou-o. – Senta-te. Achei que já não voltavas.

– Não queria voltar.

– Acredito que não estejas a falar a sério. Mesmo tendo em conta teu historial com as mulheres, não acho que sejas assim. A propósito Nick, recebemos três chamadas da imprensa para nos entrevistarem pela venda da Masaryk. Este acordo é fabuloso!

Nick levantou as sobrancelhas e aproximou-se da janela para olhar lá para fora.

– Onde é que está o teu habitual entusiasmo com um acordo tão lucrativo como este?

Nick virou-se para o irmão.

– Está tudo bem, Noah. O que acontece é que eu não gosto do facto de ter passado por cima da Abby para o conseguir.

– Está completamente destroçada?

– Pelo contrário. Está muito inteira, e já tem planos para montar o seu próprio negócio e competir com o pai.

– Macacos me mordam! – exclamou Noah com os olhos abertos de par em par. – É difícil de acreditar nisso. Perdeu uma venda milionária, o trabalho e além disso cortou relações com o pai. É demais.

– Sim, estou de acordo, e isso é o pior.

– Deduzo que não lhe confessaste a tua parte.

– Não, não o fiz – assegurou Nick com um suspiro, virando-se para olhar a cidade. Perguntou-se o que estaria Abby a fazer naquele momento e desejou que estivessem isolados em Colorado.

– Tenho a sensação de estar a agarrar uma bomba relógio.

– Vai-te explodir na cara a qualquer momento. Amanhã sai nos jornais.

Nick estremeceu e deixou escapar um profundo suspiro.

– Suponho que isso significa que mais vale contar-lhe esta noite, se é que já não sabe.

– Eu acho que sim, Nick. Ela não é assim tão importante para ti, pois não?

Nick olhou para o irmão e pensou em Abby e na semana que tinham passado juntos.

– Vou ter saudades dela.

Noah abanou a cabeça.

– Estás doído porque não és tu quem controla a situação. És tu quem se pira sempre, não as mulheres com que sais, e isso acontece quando tu queres. Na próxima semana já estás a sair com outra, Nick. De qualquer forma, podes desfrutar da tua vingança porque a conseguiste, Nick! Abateste o Gavin. Fizeste-o perder milhões nos negócios e seduziste a filha dele – Noah soltou uma gargalhada. – Sai comigo hoje à noite para celebrarmos. Convido-te para comer o maior bife que encontrarmos, e brindaremos com champanhe.

Nick sorriu perante o entusiasmo de Noah.

– Será melhor deixá-lo para outra ocasião. Esta noite combinei jantar com a Abby e vou ter que lhe contar tudo – disse desejando poder voltar à semana anterior.

– Claro. Quando quiseres, diz-me. Reúno todos os que trabalharam na venda e celebrá-la-emos à grande. É maravilhoso, Nick! O Gavin Taylor vai viver o resto da sua vida a saber o que aconteceu.

– É melhor ir andando – disse Nick a sorrir, saindo do escritório de Noah para se dirigir ao seu. Pensou no jantar daquela noite e decidiu levar Abby a sua casa e cozinhar para ela. Não imaginava como lhe ia contar. Ela ia odiá-lo, e ainda se ia zangar mais ao saber que ele tinha esperado todo aquele tempo para lho confessar.

Não queria perdê-la, e pensava em atrasá-lo inclusive até à manhã do dia seguinte. Queria que passasse a noite com ele. Queria voltar a fazer amor com ela.

Abby tomou um duche, vestiu-se e aproximou-se da secretária para tirar a lista que tinha feito. Começou a telefonar para os seus contactos e marcou algumas entrevistas para falar com pessoas com as quais gostaria de trabalhar. Tinha decidido optar por ambas as possibilidades e ver o que lhe ofereciam enquanto criava o seu próprio negócio. Telefonou a Quinn Nash e escutou o seu cumprimento alegre.

– Olá, Abby!

– Pareces muito contente, isso significa que vem aí um futuro risonho?

– Suponho que sim. Recebi ofertas tentadoras de outras empresas. E contigo? Achas que quando as águas acalmarem o teu pai vai querer que voltes?

– Não sei – assegurou Abby. – Mas estou a pensar em estabelecer-me por conta própria. Porque não combinamos um dia desta semana e falamos disso? O Nick deu-me os valores que ele geriu quando começou. Isso dar-nos-á algumas ideias.

– Claro. Diz-me um dia e uma hora.

– Que te parece almoçarmos na quinta-feira? – perguntou-lhe a olhar para o calendário.

– Fantástico. Diz-me onde e lá estarei. Foi o Nick que te levou a fazer isto?

– Ele queria que trabalhasse na empresa dele. Mas eu não acho que seja uma boa ideia. Continuaram a falar mais uns minutos e depois Abby desligou. Ficou a olhar para o telefone, mas não lhe saía da cabeça a ideia de se estabelecer por conta própria.

Fez mais algumas chamadas. Já tinha marcado quatro entrevistas para o final daquela semana. Estava confiante no futuro.

Levantou os olhos e surpreendeu-se ao ver o pai avançando a passos largos em direcção ao seu apartamento. Abby ficou tensa e perguntou-se o que quereria ele. A julgar pela expressão feroz, não era nada bom. Envergava um dos seus caríssimos fatos castanhos, tinha um aspecto agressivo e ao mesmo tempo triunfador. Abby tinha a certeza de que ele queria algo. Não podia imaginar o quê, mas certamente não vinha pedir desculpa nem que voltasse. O seu pai nunca admitiria que se tinha enganado. Abby contraiu os ombros e aproximou-se da porta para o receber.

– Que surpresa – disse abrindo a porta e fazendo um gesto para que entrasse. O pai passou e olhou para ela com as mãos nas ancas.

– Quero falar contigo.

– Claro, vamos para a sala – disse guiando-o. – Senta-te, pai. Apetece-te beber alguma coisa?

– Não – Gavin movia-se com impaciência pela sala até que se sentou numa poltrona a olhar para ela. Ela sentou-se à sua frente e esperou.

– O que pensas fazer? Trabalhar com o Martin? –perguntou-lhe. Abby pensou em Wade Martin, um dos comerciais da imobiliária do seu pai.

– Não, embora tenha uma entrevista com ele amanhã. Tenho outras entrevistas marcadas. Estás a dizer às pessoas que não me contratem?

– Não – assegurou o pai arregalando os olhos. – O que fizeres é assunto teu. Há umas quantas coisas que quero acertar contigo. Uma é que tens as chaves da minha casa e do meu escritório. Quero que mas devolvas.

Abby olhou para ele um instante com assombro.

– Sem dúvida, mas há algumas coisas que quero trazer da tua casa. Ainda tenho um quarto lá –

disse sentindo uma pontada de dor. O pai queria cortar qualquer vínculo com ela.

– Então passa por lá amanhã para ires buscá-las – ordenou ele. – Não estás a trabalhar, portanto tens todo o tempo do mundo. Se não o fizeres, tiro-as eu de lá.

A dor voltou a atravessá-la, e odiou-se a si própria por permitir que lhe fizesse tanto mal. Desejou poder ser tão fria como ele estava a ser.

– Vais cortar todos os laços familiares só porque perdi uma venda e porque ando com o Nick? – perguntou-lhe, e desejou não lhe ter dado satisfação ao vê-la ferida.

– Acho que são motivos suficientes. Já sabes o que penso do Colton, esse sacana mentiroso.

– Em qualquer caso, eu sou tua filha.

– Já não – assegurou Gavin com os olhos cheios de ira. Tinha o rosto corado e Abby percebeu que continuava furioso e se estava a tentar controlar. Viu que agarrava o braço da poltrona com força.

– Vou buscar as tuas chaves – disse com tensão, impressionada pelo comportamento do pai. Nunca antes se tinha posto assim. Já tinham tido brigas ocasionais no passado, quando Abby se recusava a fazer sempre as coisas como ele queria, mas nada parecido àquilo. Era a sua única filha; a mãe tinha morrido quando ela tinha quinze anos. Durante uns anos, o pai e ela estiveram muito unidos, mesmo quando ele estava sempre ocupado e Abby mal o via.

Regressou trazendo as chaves na mão. Atravessou a sala para dá-las ao pai que se pôs de pé, guardando-as no bolso.

– Cometeste grandes erros, mas desta vez escolheste o pior de todos. E sabias o que estavas a fazer. O resto pode ser uma questão de falta de noção ou inexperiência, mas envolver-te com o meu pior inimigo não é.

– Nunca soube o porquê dessa inimizade – disse Abby. – O Nick é da minha idade. O que é que te fez para que começasses com isto?

– É lixo, era pobre e sujo e queria que eu lhe desse trabalho, e eu disse-lhe que não. Nunca me arrependi. Desde então, sempre competiu comigo nos negócios.

– Não entendo o que fez para que estejas tão contra ele – disse ela, consciente de que tinha de haver algo mais do que o que o seu pai lhe estava a dizer.

– Há muitas coisas que não entendes, Abby. Nem sequer conheces esse homem. Andas por aí às cegas sem saber nada nem comprovar as coisas. Por isso perdeste essa grande venda. Foste-te embora. Nem sequer estavas na cidade quando Masaryk começou a falar com outra gente. O Quinn soube-o antes de ti! Quem é que achas que te roubou a venda? – perguntou-lhe o pai com os olhos tão brilhantes de triunfo que Abby ficou congelada, como se lhe tivessem arrojado um cubo de gelo.

– Propriedades Centennial – respondeu ela tensa, desejando tapar os ouvidos e sair do quarto para evitar qualquer conversa com o pai.

– E sabes quem é o dono da Centennial? – perguntou Gavin com voz suave, ainda que com um tom vitorioso que lhe gelou o sangue.

Não podia ser Nick. Não podia ter sido tão falso com ela, seduzindo-a, brincando com ela, oferecendo-lhe aquele colar de diamantes e esmeralda. Mesmo sabendo que para ele isso era uma bagatela.

– Não, não sei. A venda perdeu-se. Já não trabalho para as Propriedades Taylor, por isso não me interessa – respondeu com a esperança de soar mais segura de si própria do que estava.

– O pai do Nick Colton trabalhou para mim. Era um bêbedo inútil.

– Não sabia. O que é que ele fazia? Não me lembro de nenhum Colton que trabalhasse para nós.

– Não durou muito, e tu eras muito pequena. Ele era jardineiro, e o que não sei é como conseguiu referências. Despedi-o. E depois não quis contratar o filho quando começou no negócio imobiliário. Nick Colton é o dono da Centennial – anunciou Gavin triunfante.

Estupefacta, mesmo tendo adivinhado antes que essa poderia ser a resposta à pergunta do pai, ficou a olhar para ele fixamente, mas só via Nick.

– Não acredito – assegurou com frieza, assombrada por ver até onde podia chegar o seu pai para lhe fazer mal. – Se Nick Colton fosse o dono da empresa que ficou com a venda, isso teria saído nas notícias e o Quinn tê-lo-ia sabido.

– Compraram a Centennial em Fevereiro, e estamos em Agosto. Acabará por sair nos jornais.

– Não acredito mas se, no final de contas virmos que é dele, terei que o ouvir admitir que estava a par da operação Masaryk. Alguém da sua equipa pode ter comprado a Centennial sem que Nick o soubesse. Ele tem muitos negócios.

– Ele assina tudo. Se alguém compra uma empresa nova, o Nick sabe. Estás-te a enganar a ti própria. Enrolou-te e, logo que possa, dá-te com os pés.

O comentário do pai magoou-a, mas Abby não podia acreditar que Nick a tivesse traído de forma tão deliberada depois de tudo o que tinham partilhado.

Algo dentro de si se desfez em mil pedaços, e Abby soube que era o seu coração. Nick tinha-a seduzido para se vingar do seu pai! Tinha-lhe roubado o seu grande contrato, tinha-a deixado sem trabalho nem herança e talvez lhe tivesse destroçado o futuro, tudo por uma vingança.

A dor consumia-a. Tinha sido usada como uma boneca numa luta de poder entre dois homens com grandes egos. Nada do que Nick lhe tinha dito era verdade. Os elogios, a sedução, o encanto, tudo tinha sido um meio para chegar a um fim. Os olhos de Abby encheram-se de lágrimas, trazendo-a de volta à realidade. Viu a expressão triunfante do pai. Estava a desfrutar da sua dor! Conhecia-o suficientemente bem para saber que estava muito satisfeito por vê-la ferida depois de ter ido contra a sua vontade ao andar com Nick. Sentiu durante um instante uma ira enorme contra ambos os homens, e aí percebeu que estava a reagir como teria feito o seu pai.

Lutando contra as lágrimas e tentando evitar pensar naquela revelação, recompôs-se.

– Está bem, demonstraste o teu argumento. Agora quero que te vás embora da minha casa.

– Sim, claro que vou – o rosto do pai estava aceso de ira. – Já não és minha filha. És o brinquedo barato desse imbecil e espero que não estejas grávida dele.

Abby ficou petrificada perante aquelas palavras carregadas de ódio.

– Nunca te achei capaz de tanto ódio – sussurrou estremecendo.

Deu meia volta, saiu do salão e fechou a porta atrás dela com força. Não queria ver o pai. Saiu o mais rápido possível pela porta de trás e entrou no carro. Uma vez lá dentro, fechou a porta e esperou. Não queria falar com ele nem vê-lo. As palavras que lhe tinha dito tinham posto fim à relação, que era exactamente o que o seu pai queria. Mas ela era sua filha, e o amor não podia fechar-se como se fosse uma torneira de água.

Ter-lhe-ia dito a verdade acerca de Nick? Custava entendê-lo, e perguntou-se de onde teria tirado o pai aquela informação, porque ela não tinha ouvido nem visto nada sobre Nick e a Centennial. Quinn também não o tinha mencionado.

Nick tinha sido muito carinhoso, muito íntimo. Abby pensou no seu tom de voz baixo quando lhe contava as coisas que mais temia na vida, revelações que, segundo lhe disse, nunca tinha confessado a ninguém, nem sequer ao irmão. Como podia ter falado tanto dele se a estava a usar tão friamente para se vingar? Era consciente de lhe ir arruinar o futuro e, ainda assim, seduzia-a?

Era Nick tão perverso e falso como o seu pai o tinha acusado de ser?

Só havia uma maneira de responder àquela pergunta e averiguar a verdade. Perguntando a Nick.

Se o ia encontrar, queria estar calma. Se tinha sido sincero e as acusações do pai eram falsas, não queria parecer desgostosa, como se não tivesse fé nele. Por outro lado, se Nick era culpado de a enganar e de lhe roubar a venda, queria ter o melhor aspecto e demonstrar-lhe que era uma sobrevivente acontecesse o que acontecesse.

Convencida de que o seu pai já se tinha ido embora, voltou a entrar. Para seu alívio, o carro já não estava em frente à casa. Abby correu a tomar um duche e trocou de roupa. Tinha combinado jantar com Nick, mas não ia esperar até lá para falar com ele.

Em menos de uma hora tinha vestido um fato branco e umas sandálias brancas. Levava o cabelo apanhado no alto da cabeça. Olhou pela última vez para o espelho, aproximando-se muito para ver se havia marcas de choro, mas não havia rasto do seu desgosto.

Sorriu ao seu reflexo e decidiu que tinha bom aspecto. Agarrou na mala, fechou a porta à chave e saiu. Ligou a Nick da sua recepção e perguntou-lhe se podia subir para o ver num instante.

A voz dele soou cálida e entusiasta quando lhe disse que estava desejoso de a ver.

Abby subiu o elevador privado e em questão de minutos estava no seu andar, a entrar pela porta do seu escritório. Nick esperava-a de pé com um sorriso, segurando-lhe a porta aberta.

– Entra – disse dando-lhe o braço e acompanhando-a ao gabinete. Abraçou-a antes que ela pudesse dizer alguma coisa. Deslizou o olhar para a sua boca e o coração de Abby bateu com força. Beijou-a e, durante uns segundos, esqueceu-se de qual era o propósito daquela visita.

O mundo deixou de existir para ela. Desapareceram os problemas e as preocupações. A dor dissipou-se. Nick acelerava-lhe a pulsação e acendia-a em chamas. Mas aí lembrou-se do que fazia ali. Afastou-o de si, primeiro suavemente e depois com mais firmeza.

Nick levantou a cabeça devagar. Tinha o desejo reflectido nos olhos e os lábios vermelhos de a beijar.

– O que é que se passa? – perguntou franzindo a testa depois de a olhar fixamente. – Passou-se alguma coisa, Abby?

– Nick, és o dono da Centennial Brokerage, não és? – perguntou-lhe contendo a respiração, como se o mundo inteiro estivesse à beira do colapso.

Capítulo Nove

Nick fechou os olhos um instante e Abby soube a resposta.

A dor apoderou-se dela, esmagando-lhe o coração e despedaçando-o em mil bocados. Estava angustiada pela sua traição e pelas suas motivações egoístas.

– Como pudeste? – sussurrou sentindo-se mais ferida do que em qualquer outro momento da sua vida.

Nick agarrou-lhe os ombros e olhou-a fixamente.

– Deixa-me explicar.

– Nem tentes! – ordenou-lhe ela. A dor ia-se convertendo o mais rápido possível em fúria. Pensou no cuidadosamente que se tinha vestido para ele, e foi consciente que nem a roupa nem o seu aspecto serviam de armadura para protegê-la do mal que Nick lhe infligira. Queria perdê-lo de vista, sair do seu escritório. Confiava não voltar a vê-lo nunca mais na sua vida.

– Tens de ouvir, Abby – insistiu Nick sacudindo-lhe suavemente os ombros.

– Não! – gritou ela. – Não te ouvi negar que me tenhas enganado. Sai da minha vida, Nick! Já tens o que queres. Fiquei sem o meu negócio e sem futuro. Mas o pior de tudo é a tua falsidade, o teu jogo duplo.

– Ouve, Abby! – repetiu ele.

– Jamais voltarei a ouvir-te – assegurou Abby levantando a voz. Fez um esforço para evitar perder o controlo das suas emoções. – Acabaste com a minha carreira e com a minha relação com o meu pai. E o pior de tudo – exclamou, – é que me usaste para te vingares. Seduziste-me deliberadamente, deslumbraste-me para me levares para a tua ilha enquanto o teu irmão me roubava a venda. Como se devem ter rido os dois à minha custa! Fui muito fácil, não fui, Nick?

– Não me estás a ouvir, Abby. Deixas-me falar? – implorou.

– Não! – exclamou ela soltando-se e dirigindo-se para a porta. – Traíste-me, Nick – disse dando meia volta. – Goza a tua vitória, Nick. Saboreia o triunfo.

Abby deu os últimos passos que a separavam da porta e agarrou a maçaneta com a mão.

– Abby, por favor, dá-me a oportunidade de falar contigo!

– Não – respondeu ela dando meia volta. – Não voltarei a confiar em ti, portanto não te incomodes a inventar uma história e a oferecer-me dúzias de desculpas. Não lamentas a minha ruína nem o mais mínimo porque te proporcionou o que andas há anos ansioso por obter: vingança. Custaste milhões ao meu pai, mas a mim partiste-me o coração. Mantém-te afastado da minha vida, Nick.

– Bolas, queres ouvir? – rogou-lhe dirigindo-se para ela.

– Não te aproximes – gritou Abby saindo do escritório e batendo a porta com força, correndo para o elevador. Entrou no momento em que Nick saía precipitadamente do escritório.

– Espera, Abby! – exclamou.

As portas fecharam-se e, para seu alívio, o elevador começou a rápida descida para o rés-do-chão. Abby mal podia ver devido às lágrimas, secando-as com raiva, furiosa por se ter entregado tanto a Nick. Tinha aprendido uma terrível lição relativamente a confiar no inimigo.

Assim que se abriram as portas, saiu disparada para o seu carro, que estava estacionado o mais perto possível da entrada. Os olhos de Abby voltaram a encher-se de lágrimas. Tinha perdido tudo por Nick, mas a maior dor era ter perdido o próprio Nick. Amava-o, e ele tinha-lhe destroçado o coração.

Na quinta-feira ainda se sentia como se estivesse rodeada de neblina. Não atendeu nenhuma chamada até ir almoçar com Quinn. Não tinha saído do seu apartamento desde que vira Nick. Estacionou e entrou o mais rápido possível no café, onde encontrou Quinn sentado num banco. Quando a viu chegar, pôs-se de pé e cumprimentou-a com a mão. Abby sentiu-se aliviada ao ver o amigo. Era uma boa pessoa, alguém em quem se podia confiar. Pediram uns hambúrgueres, mas Abby não tinha apetite. Transcorridos vinte minutos, reclinou-se na cadeira e ficou a olhar para o maço de anotações que tinha à frente.

– Quinn, dói-me a cabeça, acho que hoje não

podemos falar dos planos para o futuro. Pensei que poderia fazê-lo, mas não posso.

Ele encolheu os ombros e passou a mão pelo grosso cabelo castanho.

– Claro. Isto pode esperar até que estejas preparada. A ideia é tua. Queres ficar aqui sentada calmamente? Ou vir a minha casa ver um bocado televisão?

Abby sorriu e negou com a cabeça.

– Acho que vou para casa – disse recolhendo os papéis. – Obrigada por seres meu amigo.

– Claro. Eu tomarei notas e darei uma olhada a um ou outro escritório. Tu descansa e esquece o trabalho. Deixa-me tratar disto durante uns dias e assim poupas tempo e preocupações.

Abby dirigiu-lhe um sorriso.

– És um autêntico amigo. Ainda andas com a Maggie? – perguntou-lhe pensando na namorada de Quinn, com a qual namorava há muito tempo.

– Claro. Não sei o que faria sem ela.

Abby voltou a sorrir-lhe.

– Tem cuidado contigo, Abby. Não estejas tão triste.

– Estou bem – assegurou ela. – Falamos na próxima semana – disse levantando-se e saindo dali.

Na sexta-feira à noite, na primeira semana de Setembro, Abby estava sentada a uma mesa coberta com uma toalha de linho branco num restaurante elegante. Diante de Quinn e dela havia os respectivos pratos de salada.

– Se abrirmos a nossa própria empresa, deveríamos mudar-nos para Fort Worth ou qualquer outro lugar dos arredores, Abby. Se nos instalarmos aqui em Dallas, teremos o teu pai em cima e acho que nos dará cabo do negócio.

Abby deu um gole no seu copo de água e olhou para Quinn com expressão séria.

– Queres desistir? Se assim fosse, eu entenderia, porque isto vai requerer mais esforço do que eu pensei, e o meu pai é vingativo.

– Vingativo é pouco – respondeu Quinn, que deixou de comer e a olhou fixamente. – Fui ver escritórios para alugar e nalguns lugares bateram-me com a porta no nariz. Talvez devêssemos trabalhar ambos por conta de outrém durante um ano ou dois e deixar que o teu pai se acalme. Acho que te quer expulsar de Dallas, Abby.

Abby percebeu que Quinn tinha deixado de falar e estava à espera que ela dissesse alguma coisa.

– Desculpa, estava a pensar noutra coisa, Quinn. Que me dizias?

O amigo repetiu com paciência o que acabava de dizer.

– Queres desistir? – Abby encolheu os ombros. – Compreendo, Quinn.

O amigo suspirou e olhou-a.

– Odeio ter de fazê-lo, mas acho que é o mais sensato – assegurou. – Deverias desistir tu também, Abby. Não podes lutar contra o teu pai. Nem contra os Colton. Desculpa deixar-te sozinha.

– Isso é muito diferente de me magoar ou de

ser perverso e mentiroso. Estás a fazer o mais sábio. E se tiver sucesso, talvez algum dia venhas trabalhar comigo.

– Claro. Isso seria estupendo.

Abby alegrou-se de por fim ter terminado o jantar e poder despedir-se de Quinn. A caminho de casa sentiu-se muito triste, mas tentou lutar contra a dor. Estava só e teria de enfrentar o seu pai, e provavelmente Nick. Perguntou-se onde gostaria de trabalhar se abandonasse a ideia de estabelecer-se por conta própria.

Quando chegou ao seu apartamento, encontrou-o muito vazio, muito silencioso, e perguntou-se o que estaria Nick a fazer e se já a teria esquecido. Tinha-lhe telefonado durante uns quantos dias, mas ela não atendeu nenhuma das suas chamadas, portanto Nick tinha deixado de tentar.

Tocaram à porta e Abby recebeu a encomenda que um mensageiro lhe tinha trazido. Quando se foi embora, percebeu que a caixa era de Nick. Sentiu-se tentada a não abri-la sequer, a devolvê-la, mas tinha curiosidade por saber o que lhe tinha mandado. Lembrou-se do colar de esmeralda e diamantes que lhe tinha oferecido. Levou a caixa para a secretária e abriu-a.

Para sua surpresa, o que de lá tirou foram uns papéis. Então leu a carta de Nick.

Abby:

Nunca foi minha intenção magoar-te. Achei que a operação Masaryk era unicamente do teu pai, só soube que era tua quando me disseste que tinhas perdido uma venda muito importante. Então já era demasiado tarde. Devia ter-te contado o que tinha feito, mal descobri que a venda era tua. Envio-te um presente simbólico para te pedir desculpa. Sabia que não quererias um colar. Tenho saudades tuas.

Nick

As lágrimas queimaram-na e secou-as com ferocidade. Abriu um envelope da organização solidária com a qual colaborava e perguntou-se o que teria feito Nick.

Leu a outra carta e ficou a olhá-la sem dar crédito ao que via. Nick tinha comprado terreno para construir mais três casas e doava-as à organização em nome de Abby, além dos materiais para construir as casas. Porque teria feito aquilo?

Voltou a ler a nota de Nick: «Tenho saudades tuas».

Abby afastou o pacote. Nick sabia que ela não rejeitaria um presente para uma obra solidária. Sentia a falta dela como nunca julgara possível. Tinha saudades da sua companhia, dos seus beijos, do seu modo de fazer amor, das suas mãos e da sua boca no corpo dela... Estava tão apaixonada por ele que se perguntou se alguma vez poderia esquecê-lo.

Nick removeu os papéis da sua secretária sem ver outra coisa que não fosse Abby. Sentia terrivelmente a sua falta e queria falar com ela. Tentou ligar-lhe mais uma vez, mas voltou a passar para as mensagens. Deixou uma mensagem e desligou com frustração. Não respondia às suas chamadas, e sabia que, se fosse vê-la, não o receberia. Que podia fazer?

Passeou inquieto pelo escritório. Tinha saudades de Abby. Não sabia quando se tinha transformado em alguém tão especial e importante para ele. Estaria apaixonado? Por que raio não podia esquecê-la, como fazia sempre quando as mulheres desapareciam da sua vida? Magoara-a, quando essa nunca fora a sua intenção, e Gavin Taylor tinha sido um desavergonhado com a sua própria filha.

Nick deu uma palmada à mesa. Sentia saudades. Aquilo era amor, e não só culpabilidade? Pensou no que sentia e passou os dedos pelo cabelo, aproximando-se com impaciência da janela.

Estava apaixonado. Pela primeira vez na sua vida estava realmente apaixonado, intensa e completamente apaixonado. Queria estar com ela ao seu lado para sempre. Assombrado, pensou nisso e finalmente perguntou-se como poderia remediar as coisas com ela e recuperá-la. No passado, às demais mulheres enviava um colar de diamantes ou uma pulseira como gesto de paz. Mas sabia que, se enviasse a Abby algo assim, esta lho devolveria.

Antes sempre tinha falado com ela, e perguntou-se se poderia persuadi-la para que saísse com ele no sábado a algum lugar onde pudessem falar a sós. Poderia perdoar-lhe? Se houvesse algo que pudesse fazer para lhe demonstrar quanto lamentava o ocorrido... Ficou a olhar para o vazio e depois pegou no telefone. Tinha-lhe ocorrido algo que poderia servir.

Em meados de Setembro, Abby percorreu no carro a pouca distância que a separava daquele edifício cinzento de pedra dos arredores. Estava a iniciar a sua segunda semana na Projectos Wilhite, empresa pertencente a Marcia Wilhite, uma agente imobiliária que contava com um quadro só de mulheres. Abby gostava de trabalhar ali, e tinha a suspeita que o seu pai não iria contra uma empresa completamente feminina porque isso seria mal visto no mundinho empresarial.

Marcia, uma mulher loira e esbelta, cumprimentou Abby quando entrou na luxuosa recepção repleta de quadros de paisagens, vasos com plantas e grossos tapetes orientais que cobriam o polido soalho de carvalho.

– Vais vê-lo de todas as formas, Abby – disse Marcia estendendo-lhe um jornal económico. – Mais uma vez, digo-te que sinto muito que tenhas perdido essa venda.

Abby leu as manchetes sobre a grande venda de terrenos à empresa de Masaryk. Levou o jornal para o envidraçado escritório e ficou a olhar para a foto de Dale Masaryk, mas o único que via era Nick. Tinha parado finalmente de lhe telefonar. Tinha recebido chamadas suas durante toda a semana, mas não tinha atendido nenhuma. Levou o jornal para o balcão da recepção e deixou-o lá enquanto conversava brevemente com a recepcionista. Depois retornou à sua secretária e tentou concentrar-se no trabalho.

A meia manhã ouviu um burburinho no vestíbulo e perguntou-se quem teria vindo e o que estaria a ocorrer, mas como não tinha nada a ver com ela, concentrou-se nas chamadas que tinha de fazer.

O ruído deteve-se e a tranquilidade retornou. Abby aproximou-se do telefone e pensou que número devia marcar primeiro. Pensou num dos nomes da lista, mas a mente desviou-se para Nick e esqueceu-se do que estava a fazer.

Ficou especada a olhar através do vidro do seu escritório para a zona central. Surpreendida, pestanejou e caiu-lhe a caneta da mão. Nick tinha cruzado o amplo arco da entrada e dirigia-se a passo firme para o seu escritório. Vestido com um fato azul-escuro e gravata, levava na mão um gigantesco ramo de rosas vermelhas e orquídeas brancas e avançava sem vacilar para o seu escritório.

Capítulo Dez

O coração de Abby disparou quando viu Nick dirigir-se para ela.

– Que estás a fazer aqui?

– Quero falar contigo e aparentemente esta é a única maneira – estendeu-lhe o ramo. – Isto é para ti.

Abby aceitou as flores sem olhar para elos enquanto Nick contornava a sua secretária. O coração batia-lhe desenfreado.

– Nick, eu não…

Ele agarrou-lhe os braços, apanhando-a de surpresa.

– Larga-me, Nick!

– Quero que oiças – disse ele cravando-lhe o escuro olhar. Abby conteve o fôlego. – Se os fins-de-semana que passámos juntos significam para ti tanto como para mim – assegurou com solenidade, – então dá-me um pouco de tempo e ouve o que tenho para te dizer.

Abby observou, atónita, os seus olhos escuros e deixou de protestar. Não podia dizer nada enquanto Nick a conduzia pelo escritório. Não foi consciente das suas colegas, nem de nada do que a rodeava, só via Nick e mais nada. Continuava cheia de ira, mas tinha sentido imenso a falta dele e a sua afirmação sobre o tempo que tinham passado juntos era avassaladora. Teria tido tantas saudades dela como ela dele? E no entanto, a traição ainda lhe doía.

Nick arrastou-a para o exterior e ela cravou a vista nos seus olhos escuros. Apertou os músculos da mandíbula. Tinha uma expressão decidida. Umas madeixas de cabelo preto caíam-lhe pela testa e o vento afastava-lhas da cara.

– É inútil, Nick. Nada do que falarmos nos levará a lado nenhum nem mudará nada – assegurou.

Ele apertou ainda mais a mandíbula. Uma impressionante limusina esperava-os na entrada com um motorista que segurava a porta aberta. Sem esperar, Nick enfiou-a lá dentro e depois entrou ele, colocando-a com força sobre o seu regaço.

Abby não deu pela porta a fechar-se nem por a limusina começar a andar. Só via uma coisa: Nick.

– Tive saudades – sussurrou com suma dor. – Mas decepcionaste-me, Nick. Entre nós não há confiança nem poderá haver futuro. Não posso perdoar-te pelo que fizeste.

O seu coração e o seu corpo morriam por ele, mas não era capaz de esquecer a hipocrisia de Nick. Desejava-o, queria abraçá-lo, amá-lo e beijá-lo. Amava-o e sempre o amaria. Mas tudo o que lhe tinha dito a ele era verdade e alçava-se como um muro impenetrável entre eles. Tinha de fazer com que Nick o visse e a deixasse partir, tal como ela tinha de afastá-lo da sua vida.

Nick acariciou-lhe suavemente o cabelo e ela fechou os olhos, sentindo como o desejo crescia no seu interior. Desejava-o desesperadamente.

– Nunca esquecerei os tempos que passámos juntos, Abby. Desejo-te – disse ele com voz rouca e sensual.

– Isto não pode ser, Nick! Não percebes que qualquer relação entre nós está condenada ao fracasso? Não temos futuro – acrescentou marcando as palavras. – Não quero um futuro contigo! Onde não existe a confiança não pode haver uma relação.

– Isso não é assim – disse Nick acariciando-a. – Vou-te levar para casa comigo para que possamos falar. Quero dar-te uma coisa e quero que me ouças.

– Isto é inútil – protestou Abby, odiando-se por desejar beijá-lo. Tirou-lhe os ganchos do cabelo para soltá-lo e ela abanou a cabeça, permitindo que a sua espessa melena lhe caísse pelos ombros. Mas praticamente não deu por nada, porque tinha a vista cravada no lábio inferior de Nick. Mal podia respirar. Estava morta por beijá-lo. Afastou o olhar da sua boca, magoada. Desejava Nick com toda a sua alma, mas não pensava dar-lhe a oportunidade para voltar a fazer-lhe mal.

A limusina passou entre os ramos inclinados de uns carvalhos e depois atravessaram umas gigantescas portas de ferro. Serpenteando por uma ampla avenida rodeada de imaculados leitos de flores e árvores exóticas, a limusina virou numa curva e Abby deparou com uma mansão aristocrática de pedra branca com telhas vermelhas e janelas venezianas à frente. Uma fonte gigantesca com um jacto de água que brilhava sob a luz do sol erguia-se rodeada de estátuas de bronze.

– Esta é a tua casa? – indagou Abby olhando Nick nos olhos. Mas não ouviu a resposta nem pensou no lugar em que vivia. A limusina estancara e Nick rodeara-a com o braço.

– Larga-me. Posso sair sozinha – disse ela. Mas Nick abanou a cabeça.

– Nunca mais te quero largar – assegurou com voz grave.

– Oh, Nick, não estás a ouvir? Repito que tu e eu não temos futuro – insistiu com ênfase olhando em redor. Tinham entrado na casa.

Nick guiou-a até um enorme salão com uma parede de vidro que dava para um amplo terraço. Mais além, uma resplandecente piscina rodeada de sebes e grandes vasos com flores. Abby virou-se para Nick, que a olhava com os olhos inflamados de desejo. O pulso acelerou-se. Queria beijá-lo, morria por percorrer o seu forte corpo com as mãos, ao mesmo tempo que o desprezava.

Nick aproximou-se dela e rodeou-lhe a cintura. Abby estava completamente perdida no seu olhar.

– Desejo-te, Abby. Vais ser minha – disse Nick.

– Não podemos, Nick. Nós…

– Oh, claro que podemos – disse ele inclinando-se para cobrir a sua boca com a dele. Mal os seus lábios roçaram os dela, o seu protesto esfumou-se.

– Nick... – arquejou. Mas era impossível falar. O coração batia-lhe com força; o desejo transformara-se numa força avassaladora. Não podia resistir aos seus beijos. Era impossível. Esqueceu por uns instantes o engano, pôs-se em bicos de pés, beijou-o apaixonadamente.

Nick estreitou-a entre os braços e atraiu-a para si com força, beijando-a com tanta paixão que ela quase tremia de desejo. Eliminou momentaneamente qualquer pensamento. Tudo ficou de lado, varrido pelo desejo que sentia por Nick. A prova da sua excitação pressionava-a com força, e a sua boca possuía-a. Finalmente deu-lhe um leve empurrão para afastá-lo.

– Temos de parar com isto, Nick.

– Chiu, Abby – murmurou ele com voz rouca. Então afastou-se e aproximou-se de uma mesa de madeira para agarrar uma mala. – Eu não sabia que a venda da Masaryk fosse tua, juro.

– Mas já sabias quando fomos a Colorado, não sabias? – inquiriu Abby.

– Sim, pois sabia, mas adiei a confissão, uma e outra vez, porque queria passar esse fim-de-semana contigo. Em qualquer caso, isso já terminou. Aqui há algo que confio que sirva para reparar a tua perda – disse estendendo-lhe a mala.

Abby desejava gritar que não havia nada que pudesse fazer para remediar o engano, mas ficou calada e abriu a mala. Esperava encontrar um diamante ou outro tipo de jóia, mas voltou a surpreender-se ao ver uns papéis. Tirou-os do interior e dirigiu a Nick um olhar curioso. Ele olhou-a fixamente e assinalou os documentos com um gesto de cabeça. Abby olhou-os e no início não sabia de que se tratava, mas então viu suficientes contratos de propriedades para perceber o que lhe estava a dar, ficando comovida.

– Nick! Que é isto? Puseste o meu nome aqui – disse sem dar crédito ao que os seus olhos viam. Passou as folhas dando uma rápida olhadela ao conteúdo e olhou-o de boca aberta.

– Nomeaste-me dona da Colton Management Corporation, a tua primeira empresa!

– Isso mesmo. É uma atenção para reparar o facto de ter ficado com a tua venda, Abby – respondeu ele em tom grave. – Não era minha intenção arrebatar-te a tua grande operação nem causar-te problema algum.

– É a tua primeira empresa! – exclamou sem dar crédito. – Esta empresa vale milhões, Nick! Disseste que nunca te livrarias dela. Disseste que tinha para ti um grande valor sentimental.

– Tu significas mais para mim – respondeu Nick com voz pausada. – Amo-te, Abby.

Ela fechou os olhos e permitiu que aquelas palavras a embalassem. A onda de felicidade que a percorreu veio-se então abaixo. Voltou a olhá-lo.

– Se estás disposto a dar-me isto, então suponho que não era tua intenção roubar-me a venda da Masaryk – disse em voz baixa. – Não posso aceitá-lo.

– Com certeza que podes. Fica com ela, gere-a e terás a tua própria empresa. Já está a funcionar e tem sucesso suficiente para o teu pai não poder intervir. É tua, Abby. O único que tens de fazer é assinar esses papéis e serás independente.

Ela voltou a negar com a cabeça e não pôde evitar que as lágrimas lhe corressem pelas faces.

– De verdade não sabias que o acordo era meu até regressarmos da ilha?

– Não, não sabia. E fiquei perturbado.

Abby olhou para os papéis que tinha na mão.

– Ainda bem, porque isso faz com que os fins-de-semana que passámos juntos sejam o mais especial da minha vida, mas isso não muda o facto de eu ser uma Taylor.

Nick levantou-lhe o queixo.

– Deixa andar, Abby. Isso foi o que fez o teu pai, e a mim não me importa nada a tua herança e o teu apelido. Estou apaixonado. Amo-te.

– Nick!

Aflita, Abby olhou-o. Os papéis caíram-lhe das mãos e foram parar ao chão. O coração batia-lhe com força quando lhe rodeou o pescoço com os braços.

– Nick, talvez esteja a cometer o erro mais grave da minha vida, mas amo-te – disse olhando-se nos seus olhos escuros e vendo neles o amor que lhe tinha declarado.

– Ah, Abby – exclamou ele.

Então inclinou-se para beijá-la. Os seus braços fortes envolveram-na com força, apertando-a. Abby pendurou-se nele e beijou-o com frenesim, suscitando a paixão e o desejo contra os quais tinha batalhado durante aqueles últimos dias solitários e tristes. Os beijos de Nick não deixavam lugar a dúvidas: desejava-a com o mesmo desespero que ela o desejava a ele.

Em seguida tiraram a roupa e Nick pegou nela

ao colo, abrindo caminho através de uma casa que ela não podia ver porque estava abraçada a Nick, cobrindo-lhe o pescoço de beijos e deslizando as mãos pelo seu peito desnudo e pelos seus ombros até que ele a colocou sobre a cama e abriu uma gaveta para tirar um preservativo. Moveu-se entre as suas pernas e Abby acariciou-o, desfrutando da visão de tê-lo à sua frente. A dor tinha desaparecido, as preocupações ficavam para trás.

Nick inclinou-se e entrou nela. Abby arqueou as costas e levantou as ancas para recebê-lo, arquejando de prazer.

– Quanto te amo, Nick – sussurrou, emocionada perante a abrasadora expressão do seu rosto.

Moveu-se com ele enquanto o desejo ia crescendo até alcançar um alívio estrondoso.

Nick estremeceu, segurando-a e investindo-a com paixão.

– Abby, meu amor – murmurou.

Eram umas palavras mágicas que a levavam ao êxtase. Nick estava a conduzi-la ao paraíso, estava envolvida em amor. A euforia apoderou-se dela e agarrou-se com força a ele.

– Nunca voltarei a deixar-te partir – disse Nick. – Preciso de ti.

As suas palavras fizeram-na estremecer.

– Foi espantoso, Nick.

– Chiu – sussurrou ele colocando-se de lado e arrastando-a consigo. – Já terminou, Abby. Agora temo-nos um ao outro e eu não vou deixar-te partir.

Acariciou-a suavemente enquanto lhe cobria a testa de beijos, as faces e as orelhas.

– És tão linda... Sonhei contigo. Tinha saudades tuas e desejava-te.

Ela afundou o rosto no seu pescoço e as lágrimas voltaram a brotar.

– Amo-te, Nick.

Ele retirou-se ligeiramente.

– Lágrimas? O que significa isto? Achei que te estava a fazer feliz, não mais desgraçada.

– E é assim! Choro porque sou feliz, porque te amo e porque passei muito mal.

– Amamo-nos, e isso é o único que conta. Toma o meu lenço.

Abby secou as lágrimas com as costas de uma mão e tratou de segurá-lo com a outra quando ele tentou sair da cama.

– Não vás! Não preciso de nenhum lenço.

– Já volto – e Abby viu-o desaparecer pela porta. Retornou instantes depois e estreitou-a entre os seus braços antes de lhe estender um lenço limpo.

Abby agarrou-o com gesto divertido e colocou-o atrás dela.

– Já te disse que não necessitava de um lenço, e continuo sem necessitar, mas obrigada.

– Tenho algo mais para ti.

Abby sorriu com curiosidade. Nick deu-lhe a mão e olhou-a com intensidade.

– O que foi, Nick? – perguntou-lhe confundida.

Sem afastar a vista dela, deu-lhe a volta à mão.

– Abby, queres casar-te comigo? – perguntou-lhe colocando-lhe um anel na palma da mesma.

O coração dela bateu-lhe o mais rápido possível e envolveu o anel com a mão sem olhá-lo enquanto jogava os braços ao pescoço de Nick e o atraía para si.

– Sim, Nick! Oh, sim, eu caso contigo! – exclamou rindo-se e chorando ao mesmo tempo de alegria enquanto o beijava.

Nick apertou-a entre os braços e em questão de segundos a proposta matrimonial ficou momentaneamente afastada enquanto voltavam a fazer amor com um abandono selvagem.

Só mais tarde, quando Abby estava encolhida entre os seus braços absolutamente feliz, é que se ergueu de súbito.

– O anel! Nick, deixei cair o anel que me deste – disse afanando-se por encontrá-lo.

Olhou para um lado da cama e distinguiu o brilho do diamante. Apanhou-o e deu-lhe a volta. Nick tirou-lho, colocando-lho no dedo.

– Amo-te, Abby. Ia levar-te esta noite a jantar ao meu iate e pedir-te em casamento num ambiente romântico, mas não pude esperar.

Ela olhou para o anel e conteve a respiração.

– Meu Deus, Nick! É fabuloso! É magnífico!

– Tu é que és fabulosa – respondeu.

Abby virou o diamante de oito quilates engastado numa grossa tira de ouro. Estava rodeado de diamantes de um quilate, e brilhava com força. Voltou a abraçar Nick.

– Amo-te com todo o meu coração.

Ele sorriu e brincou com o seu cabelo com uma mão enquanto com a outra lhe acariciava o pescoço.

– Casa-te comigo em breve, Abby. Não quero

voltar a afastar-me de ti jamais. Quando podemos casar-nos?

Abby pensou nisso.

– Vai ser difícil com o meu pai, Nick.

– Não te preocupes com isso. Tu casa-te comigo e já está. Podemos casar-nos na minha ilha. No iate, aqui, onde quiseres e quando quiseres. Tu organiza o que quiseres. Mas casa-te comigo em breve.

Abby riu, voltou a beijá-lo e de repente agarrou-lhe o braço.

Nick sorriu e estreitou-a entre os braços para beijá-la.

Era já de noite quando estavam no pátio a falar dos preparativos do casamento. A fabulosa mansão de Nick ficava atrás dele. Abby dava as costas aos jardins enquanto planeavam a cerimónia.

– Escolhe uma data próxima. O próximo fim-de-semana? – perguntou-lhe Nick.

– No final de Outubro. Poderás esperar esse tempo – respondeu ela sentindo a força com a qual lhe batia o coração. Casar-se com Nick! Passaria o resto da vida com ele, com o amor da sua vida. Entusiasmada com a perspectiva, acariciou-lhe a face.

– Se tiver de esperar, esperarei. Mas tu ficas aqui até chegar esse momento.

– Trato feito – murmurou Abby inclinando-se para beijá-lo.

Epílogo

Abby olhou-se mais uma vez vestida de noiva. Resplandecente de alegria, sentia que ia flutuar pelo corredor e que os seus pés não roçariam sequer o chão. A sua amiga Emmaline esticou-lhe a cauda do vestido.

– Estás linda, Abby! – assegurou com efusão. – E vais casar-te com o multimilionário mais bonito que jamais existiu!

– Isso eu também acho – respondeu ela virando-se para olhar a parte de trás do véu ao espelho. – Emmaline, o meu pai veio?

– Não, e pára de te preocupares com ele. Sabes que o teu pai fará o que lhe parecer e não podes mudar isso. Não permitas que te arruíne o dia do teu casamento.

– Não permitirei – disse Abby enquanto os seus pensamentos retornavam a Nick.

Ouviu-se um forte golpe na porta.

– Força – disse Abby.

Jenna Fremont, a organizadora do casamento, entrou.

– Chegou o momento, Abby. Estás linda!

– Obrigada. Já saio – respondeu Abby.

– Eu vou primeiro – disse Emmaline. – As demais damas de honor já estão no vestíbulo.

Abby assentiu e recolheu as saias do seu vestido de noiva para sair. Noah, o irmão de Nick, era o padrinho de Nick, mas estava à espera dela para percorrer o corredor com ela e entregar a noiva, porque o seu pai não tinha voltado a falar com ela, nem tinha respondido às suas chamadas nem às suas cartas.

Noah estava de pé à espera e Abby perguntou-se se realmente ele simpatizaria com ela, embora sempre se tivesse mostrado tão carinhoso como os amigos de Nick.

– Estás linda! – disse Noah olhando-a com admiração. Abby sorriu-lhe.

– Obrigada, Noah – deu-lhe o braço e aproximaram-se da porta quando a última dama de honor percorreu o corredor.

Abby olhou para Nick e o coração quase lhe saiu pela boca. Estava vestido com um fraque preto, calças e casacos pretos e gravata preta, e estava incrivelmente bonito. Cheia de amor e de felicidade, era consciente de ser a mulher mais sortuda do mundo.

– Eu faço isso – disse uma voz grave, sobressaltando-a. Surpreendida, virou-se e viu o seu pai fazendo um gesto a Noah para que se fosse embora. Noah olhou primeiro para o pai dela e depois para ela, que lhe assentiu com a cabeça.

– Força, Noah, vai para o pé do Nick – disse enquanto se olhava nos olhos verdes do seu pai. O seu pai envergava um fraque preto, e Abby perguntou-se como teria sabido do casamento e de como iam vestidos os homens.

Gavin ergueu o queixo com gesto obstinado,

colocando-se ao seu lado e dando-lhe o braço. Abby estava assombrada por ele ter dado o braço a torcer e por ter ido ao casamento. Tinha-lhe mandado o convite e tinha-lhe deixado mensagens telefónicas, mas nunca soube nem uma palavra dele. Por enquanto, estava intumescida. O seu pai tinha-a magoado muito para que de repente se sentisse embevecida pela emoção de vê-lo, mas alegrava-se por a disputa talvez poder solucionar-se.

Virou-se para Nick. Estava decidida a que o seu pai não fizesse nada que pudesse estragar a sua felicidade naquele dia tão especial. Noah apareceu por uma porta lateral e ocupou o seu lugar como padrinho do irmão, colocando-se ao lado de Ryan Warner e Jake Thorne. E então chegou o momento de ela percorrer a nave. Só tinha olhos para Nick, e esqueceu-se de tudo o resto. O seu escuro olhar percorreu-a de ponta a ponta, esboçando um leve sorriso. Não olhou nem uma só vez para o seu pai, tinha a vista cravada nela. Quando pôs a mão na de Nick, Abby sorriu. Ele devolveu-lhe o sorriso e piscou-lhe um olho.

Pronunciaram os votos e escutaram os cânticos e as preces. Finalmente, Nick beijou-a fugazmente e então o sacerdote declarou-os marido e mulher e assim os apresentou perante os convidados. Percorreu o caminho de volta pelo corredor com Nick e, ao chegar ao vestíbulo, ele virou-se para voltar a beijá-la.

– Até esta noite, senhora Colton – sussurrou.

Rindo-se, Abby deu-lhe a mão e dirigiram-se

para a parte dianteira da mansão para tirarem as fotografias da praxe.

A festa realizava-se no clube de campo, e já era de noite quando Abby mudou de roupa e pôs um vestido azul antes de entrar na limusina que os esperava para os levar ao aeroporto. Ali aguardava-os o jacto de Nick. Naquela noite, Nick atravessou com ela ao colo o umbral das suas águas-furtadas de Nova Iorque, situado na parte mais buliçosa da cidade.

Uma vez lá dentro, pousou-a no chão, e enquanto tirava o casaco e a gravata, ela olhou em redor. Estavam rodeados de luxo, com carpete branca e móveis brancos. Havia uma mesa disposta com comida e champanhe, mas Nick rodeou-lhe a cintura com os braços e atraiu-a para si.

– Amo-te, senhora Colton.

– Eu também te amo e adoro que chames assim – disse rodeando-lhe o pescoço com os braços.

Nick inclinou-se para beijá-la.

– Amo-te, e isto é o paraíso – assegurou antes de lhe cobrir a boca e evitar qualquer resposta da sua parte.

Abby pôs-se em bicos de pés para beijá-lo. O coração batia-lhe com força de alegria. A felicidade era total e absoluta. Estava loucamente apaixonada por aquele homem alto e excitante que agora era seu marido, e estava entusiasmada pelas mudanças que se tinham produzido na sua vida.

Precisava de Nick tanto como do ar que respirava, e sabia que o amaria para sempre. Abby afastou-se ligeiramente e sorriu enquanto o olhava.

– Nick, amo-te mais do que alguma vez saberás – disse.

Os escuros olhos de Nick ardiam de desejo. Cravou a vista na sua boca antes de voltar aos seus olhos.

– Amo-te, Abby. Nunca saberás quanto, mas tenho a intenção de passar toda uma vida a demonstrar-to – disse. – Farei tudo o que estiver ao meu alcance para que não percas a confiança em mim e por fazer-te feliz.

– Nick! – exclamou Abby com alegria, consciente que verdadeiramente era a mulher mais afortunada da terra.

Amava Nick mais do que alguma vez julgou possível e amá-lo-ia para sempre.

O retorno do Viking

MICHELLE STYLES

A grande batalha do viking!

Kara agradeceu aos deuses quando foi desposada por Ash Hringson. Porém, esse destemido guerreiro estava desaparecido havia tanto tempo que a ela restara apenas boas lembranças. Agora, Kara precisa se casar novamente para garantir o futuro de seu filho. Contudo, no dia da cerimônia, o heroico conquistador retorna e é recebido por suspiros de horror e de surpresa. Afinal, todos acreditavam que Ash morrera... Mas aos olhos repletos de desejo de Kara, ele parece tão lindo e sensual quanto no dia em que partira... E também nada feliz por sua bela esposa estar prestes a entregar-se a outro homem.